科學家—載玻片　　陳柏煜

某個六月早晨，醒得太早，
再睡一回又太晚。

我必須出門──植物因為記憶
更加的綠，記憶的目光跟著我。

它們是隱形的，完全與背景
融合，貨真價實的變色龍。

如此貼近，我能聽見它們的呼吸
儘管周遭鳥鳴震耳欲聾。

──托馬斯・特朗斯特羅默，《記憶注視我》

陳柏煜

一九九三年生，台北人，政大英文系畢業。木樓合唱團歌者與鋼琴排練。曾獲林榮三新詩獎、雲門「流浪者計畫」、文化部青年創作獎勵。作品入選《九歌 107 年小說選》、《九歌 108 年散文選》。著有詩集《陳柏煜詩集 mini me》，散文集《弄泡泡的人》。

哈特曼的畫展

1

維克多·哈特曼的動脈瘤在八月四號那天破裂一併奪去了他的性命，身為藝評家的好友史塔索夫向各方商借了四百件作品，隔年春天於聖彼得堡藝術學院替他舉辦了一場紀念畫展。

對於這場畫展我們所知甚少，作品也在展期結束後物歸原主，今日多已下落不明。哈特曼的好友莫傑斯特·穆索斯基當時也出借了兩幅收藏。那年六月穆索斯基以觀展印象為靈感，創作出《展覽會之畫》。十首組成的套曲，分別對應哈特曼的不同畫作，並以名為「漫步」的主題貫穿其間。

二十一世紀已經遺忘了哈特曼，只記得穆索斯基的《展覽會之畫》，就像岩層裡發現的水母化石，果凍般的身體已不復見，唯有外界裹覆它的形狀保留下來，如某種蛋糕模具。很有機會，《展覽會之畫》將比穆索斯基這個名字更加長壽。

誰能想像一開始它根本不受矚目。作爲鋼琴套曲的《展覽會之畫》在作曲家生前沒有正式的發表與出版，它的前衛更令穆索斯基的同僚作曲家們大惑不解。或許穆索斯基意識到人們的接受度不高，乾脆把這些「圖畫們」放到一邊去。直到拉威爾爲其進行管絃配器——我們可以想像拉威爾如何在素描上插花，活色生香地——直到拉威爾，《展覽會之畫》才眞正聲名大噪。

哈特曼的畫作意外跌進偉大藝術如冰川般沉穩、無法阻擋的進程——作爲一粒被層層珍珠質裹住的小石頭。穆索斯基個性鮮明的音樂「圖畫」，點燃了人們對哈特曼原作的好奇心，反過來「考古」對應十首曲子的「原作」，就像比對棺材上的法老像與棺材下亞麻布中的臉：我們所聽到的旋律與節奏，在畫中是否就有跡可循？故事與眞實事件可以叛離得多離譜？

重建哈特曼的畫展，再次擴展人們對《展覽會之畫》的想像，對於那些深深喜愛的收藏，我們永遠在爲它準備更大的房間。在被遺忘許久後，哈特曼的畫弔詭地化身地圖，逆向地，爲人們導覽了穆索斯基一八七六年春天的所見所感。

2

六首曲子的對應畫作被辨認出來，其中〈杜樂麗花園〉已經遺失。未孵化的小雞之舞——〈芭蕾「特里比」劇場服裝草圖〉，身穿蛋殼裝、仍帶點嬰兒肥的男孩子平伸雙手，做出「著陸」姿勢。貧窮的與富有的猶太人，

在畫裡自然不可能同框，否則又要吵起來了。〈戴毛皮帽的富猶太人：桑多米次城〉與〈桑多米次窮猶太人〉，它們就是穆索斯基出借的兩幅畫。

墓穴指向巴黎地底赫赫有名的地下藏骨堂，堆積六百多萬具死人骨頭，入口寫明：「停下！這是死人的國度」。畫中有三名人物，哈特曼、建築師克乃爾及持燈嚮導；那是畢業時拿到政府獎助，至法國遊歷三年的哈特曼。

原畫是鐘的設計圖——東歐傳說中的芭芭雅嘎，坐在石臼裡飛、揮著杵，她住在森林裡靠雞腳移動的小屋。

這是參加基輔紀念大門的設計競賽的圖稿：畫面正中，宏偉的古俄國風格拱門，拱門上飾有金色雙頭鷹，右方有三層式的鐘樓——大大小小的鐘聲接著出現在穆索斯基的鋼琴建築中。後來比賽被取消了，城門沒有蓋成。

3

你必然也留意到，串連在畫與畫之間的「漫步」，比一般的橋，發揮了更微妙的作用。史塔索夫留下的評論指出，穆索斯基如此描述這些樂段：「逛展覽，時而悠閒，時而急切地前去某幅吸引他的畫，有些時候悲傷地，思及他離開的朋友。」僅憑音樂，我們不能很清楚地分辨，哪些部分屬於觀畫人的情緒，哪些來自投入畫中、再抽離時所攜帶的顏色。

「漫步」在套曲後半和畫作樂段融為一體。對穆索斯基來說，在〈地下墓

穴〉畫中猛然看見哈特曼的身影，顯然是個非常驚駭的時刻：已故畫家在畫中的現身，就像一場突襲，有時那畫好像成功吞噬了它的創作者，有時又像創作者的生命與幽魂侵占了畫的世界。此時是生者與死者最靠近的時刻，代表「我」的「漫步」主題出現了，樂譜上有一行拉丁文：「用死語和死者說話」。「我」也是作曲家看見自己倒映在畫框中的幽靈。他寫下附註：「死去的哈特曼，他富創造性的靈魂帶領我走向骷髏，喚醒它們；骷髏開始微弱地發光。」

剛剛已經稍微碰觸，但還說得不夠清楚的是，因為有「漫步」，「展覽會」才有了空間。穆索斯基的音樂不單單平面地再現「畫作」，而是精準反映出參與一次展覽的現實：與欣賞電影的「旁若無人」大不同，展覽的作品與作品間並不是完全滑順的。參觀者自由地選擇停留的時間，跳過不感興趣的展件，由於人潮或其他變因調整順序，重複「離開與進入」的動作。實為展覽經驗中最輕易（刻意）視而不見的環節，「漫步」好比旅遊中的交通。

去年十月時有了這樣的體驗。起了個大早徒步至高松港，排隊剪票上船，三年一次的瀨戶內國際藝術祭，春夏秋的諸島嶼是活動的主會場。交通船上我突然想，這不就是《展覽會之畫》的「漫步」嗎？共持一段旋律的相連的海，由於伸展臺上模特兒的性格與組合搭配，男木島—直島，直島—豐島，灰綠色必要經過之海水，也暈染了前後文的風格了。去年的十月我印象深刻，直島上空老鷹盤旋，海面如膠似漆；欲表達那次的經驗，我蹉跎光陰，最後說了哈特曼與《展覽會之畫》的故事給你聽。

首與體

直到準備離開美術館，我才在出口看見一張告示，上面的地圖標明出皮耶・雨格《體外心靈（深水）》的位置，並加註：此作視天候因素與蜂群狀況展出。我循線前往南進門旁的庭園。

它蹲在草叢裡（今天大約是個好天。）混凝土的身體，顯示它是名裸身、健美的女性。頭則是金黃鬆餅般、活生生的蜂巢。

兩種可能。可能一：她的頭被蜂巢環繞，像戴安全帽那樣。那麼蜂巢就是頭部的附加裝置，為了加強它或削弱它。頭（或者頭所代表的東西）經過裝置被表達。王冠是象徵的裝置。可能二：蜂巢就是她的頭。頭與身體明確的斷裂，如兩種口味拼起來的雪糕。動態的蜂巢與靜態的混凝土，雖然在相異的層次上工作，卻又貫連地統合，彷彿它們深知且樂於接納彼此。

「心靈位於本體的外部。」一些小粒子從她的頭鑽出，飛離，曲直不一，連結附近的咸豐草、李子樹、酸橙樹。頭中的「什麼」正以非語言的方式交換、整合訊息。頭是廣場。去掉頭，心要回到哪裡集結呢？

❖

　　［？］創造了三個季節，夏天
　和冬天和秋天第三
　和第四季春天當
　花開好了但吃飽
　並不

—— 艾克曼，西元前七世紀，斯巴達。

（譯自安・卡森的英譯）

這是首非常冷僻的古希臘詩歌，人們對詩人艾克曼幾乎一無所知。若不是古典專業的卡森譯爲英文，若不是網路資訊的傳播，對遠在亞洲的我們而言，它幾乎等於不存在。

這首詩的的主詞遺失了（是誰創造了季節？）。對於兩千年前留下的老東西來說，缺一行，少一角，不是什麼稀奇的事。只是不巧丟掉的是頭。跟在後面的字詞，知道最前方發生事故了嗎？

兩種可能。可能一：主詞支配了一首詩的解讀太久的時間，被冥冥之中

伸來的手，「打」了一下（就像卡通會出現的，陀螺般快速旋轉的頭），終於我們有理由不去理會頭，逕自去搶奪後頭的獎賞。可能二：〔？〕取代了頭的位置，是新的頭。是更強壯的頭。我想起在美術館外看見的蜜蜂頭。〔 〕是蜂巢，？是蜜蜂。缺一不可。留下的詩是混凝土身體，如氣球的線將頭穩穩地繫在地上。

兩千多年前的那年，如何孤獨的一顆頭，裝了盛開的花也有飢餓。

賈曼的最後電梯

疑病恐懼程度不一的在生活裡擴散，有一陣子，我有意趨避愛滋相關讀物。因為「接觸」就會被「感染」，它從虛構的縫隙鑽入生活，原先被隔離在故事裡的液體狀潰瘍精靈，攀附到你的現實上頭；簡言之，它會變成你的故事。疑病的念頭可能是臨場感最強的文學共感。

久久久久地，德瑞克・賈曼（Derek Jarman 1942-1994）《色度》與其它書擺在架上裝飾房間。先入為主的閱讀具汙染性，（忘了忘記）《色度》裡記錄著賈曼罹病的生活片段，詩意的色彩描寫，甚至挪用他人的大量哲學、藝術引文就變有毒、艷麗、一觸即發。賈曼的視線感染了色彩——以博學纖細的藝術家性格，儘管如此，讀者難免像在 *Find Me* 裡面尋找艾里歐與奧利佛一樣，找尋疾病的痕跡。

〈進入藍色〉也出現在賈曼的最後一部電影《藍》。八十分鐘從頭至尾只有藍：它是賈曼在接受視網膜治療時眼前的顏色，它是他在伊夫・克萊因作品展找到的靈感——色彩們都有個人與文化的兩面。把《色度》當文學作品讀不夠性感也太破碎，讀者需要全螢幕的藍，而句子是進入它的指示。賈曼寫：「我發現自己在一個櫥窗前看著鞋子。我想要給自己買一雙鞋，卻阻止了這個念頭。我正穿著的鞋子，應該夠讓我走到生命的盡頭。」緊接著是一段採珠人的詩。採珠是危險的行業，古代沒有專業設備，採珠人在腳上綁上石頭沉入深海，取得珍珠後再割斷繩子。賈曼的最後電梯，單程、安靜、美麗。我目前還沒辦法不帶恐懼地接受。

冒名者萬歲

葡萄牙作家佩索亞發明異名者（heteronyms），在虛構的性格與風格底下創作；馬翊航的《山地話／珊蒂化》沒有異名者，卻有五顏六色的「冒名者」。

冒名，有主被動態，但總括來說，皆包含在一些「是其所不是」的情境之下。有時因為名不符實，感到彆扭。比如，做農夫的兒子卻不諳農事，甚至找不到父親的田；又比如，被父親安排參加阿美族成年禮，心中三重尷尬：卑南族的我、年紀大上一截的我、不夠男人的我──會被笑話嗎？

〈未成年〉的下半場，將懸置的問題翻倒。一場聚餐上，他被推派「扮演」在部落中服務長輩的晚輩，綁上臀鈴。本來就在身上的，有未通過成年的鈴，也有滿足他人「部落經驗」的鈴。彆扭的冒名者，往往被評價：「你這個孩子真的很奇怪！」

有些冒名者，硬著頭皮，成為自己不是的人。他對令人不安心的情人表現寬容（〈海邊的房間〉），他被露水姻緣的對象想像：「你真是原住民呀，那我抱著一個小外國人了」。

有些冒名者為（從未發生的）竊盜負責。被同學誣賴，第一時間的反應卻是道歉，老師「放過他」，他心裡還冒出「謝謝老師」的念頭。當胡德夫對著美艷的阿莉夫問：「我的孩子在哪裡？那個很男人、很帥（sauqaljai）的孩子，叫他出來。」他有些「做賊心虛」，將父親與自己的關係對號入座了。

愧疚感──得了歌唱比賽國中組冠軍，長大也只是在卡拉 OK 拚酒，被父親說：「你一個博士這樣，會不會太難看？」

其中兩位冒名者，名字真的被換掉了。第一位在歌詞裡。山地情歌的歌詞可以隨情境自由替換，因此女主角「姓名留白，板凳大家坐」。做完樂曲賞析，他用兩句話就道盡自己的故事：「如果我是張孝全，哥哥你一定會要我。如果我是蕭亞軒，哥哥你一定會要我。」

第二位是〈走險〉中，被三名小女生強吻的小男生。看他掉下眼淚，小女生用鉛筆在白紙寫上：「馬逸航很亻 易心。」翊寫錯了，傷也寫錯了，他與他應得的傷口都被頂替了。怎料話鋒一轉，文章結在殭屍的謠言──跳得正對位置！冒名者跟緊了節奏誠懇的殭屍。

馬翊航不止於生產消極的冒名者。他也創造冒名者積極、充滿「表演

欲」的意義。從〈試問，單兵如何處置〉將精神答數加上「不」字（不雄壯、不威武），到〈娘娘槍〉直接在心裡默喊「端莊！賢淑！淫蕩！嬌媚！」——這個人在曹營心在漢的冒牌貨，告訴我們「辣也是要模仿的」，告訴我們成規並非無法撼動。

透過冒名的扮演，他得以變形，借用不屬於他的經歷。他可以長出蜘蛛腳成為比留子，陪男孩子們蒐集記憶、情懷、籌碼；描述關係的樣態，他也可以說「我是那頭狐狸」，就直接與那被車頭燈照亮的赤狐換位。

儘管有能力說出精準、極富創造力的話，馬翊航不時運用引句調度出得當的景深。另一種高竿的冒名是，一邊談胡德夫、《沒有名字的人》一邊偷渡自己的故事；而單純討論巴代、伐依絲・牟固那那的文章放在書中，又怎麼可能單純，沒有與自身經驗合音的效果？

冒名奇妙，冒名者萬歲！安・卡森詩集《丈夫之美》的結尾，多適合這些冒名者：「你看看是誰／反射，小小的／在她的每一顆淚珠裡。／／現在看我將這頁折起來這樣你就會以為那個人是你。」快樂的與不太快樂的你我他，經過《山地話／珊蒂化》都凝結閃閃亮亮。

畫媽媽的臉

「我領悟到，我對他們，以及他們的過去其實所知不多。他們從沒
談過，而我也沒主動發問。沒有會老追著爸媽問他們的事對吧？」

——瑪格麗特・愛特伍《證詞》

書①的開頭，是「老媽」寫給「智威」的一封信，我看了心驚膽跳。我也
是個做兒子的。通信，即進入一種剝除肉身的交談，不同於面對面的說
話，本質上是「破壞母子關係」的。還得另外冒險：像書中偷看日記的
媽媽，無論接受與否，你將面對，那人極可能和你所想的非常不一樣。

這也是為什麼我們不主動發問：認識她不是媽媽的面貌是危險的，彷彿
「排擠了媽媽」，甚至成了「消滅媽媽的幫兇」。〈做小姐〉一輯跳過
了這層心理障礙，或姑且擱置，拉開距離去看。媽媽是傳閱張愛玲、自
學吉他的少女、是舅舅的姊姊，也是美玉姨的童年玩伴；就像《霍爾的

移動城堡》中的蘇菲，我們得以在某些機運之風吹過的時刻，瞥見媽媽的另一張臉。在凱特的筆下，這發生十分自然。

但媽媽作爲媽媽不見得更安全。〈切手〉、〈剪刀〉、〈剝皮〉的日常相處，呈現出親情中窄仄的空間，肌膚之親／侵，一線之隔。我特別喜歡電影《聽媽媽的話》（直譯該是《我殺了我媽媽》）處理面對至親時，莫名衝上來的情緒——自己也分不清楚那是親暱還是厭膩。凱特比多藍溫文得多，可也有迷人的矛盾。

兒子的同志身分，使母子偶爾歸爲同類。且看〈重巡〉，母親替兒子貼雙眼皮貼，「被撐出裡外兩層空間，視線裡外都嬌媚起來」，這件事「毋通乎恁爸爸知影喔」。〈左右手〉結尾，兒子先感覺自己是傳說中「雙手被剝奪的女孩」，而後「返潮地」認爲，或許母親才是那少女。當然，酷不酷兒也只是一種閱讀。

對我來說，凱特的書寫——打個比方，是似顏繪的手藝。他簡筆勾勒的母親，像，也不像：具說服力，經主觀淡染與強化。隱隱然也保有過去家庭散文的情韻。我在網路上找到似顏繪不知可不可信的定義：將眞人的相貌和心情結合起來，在紙上畫出接近眞人的頭像。

我一面替寫出「會被媽媽讀懂的散文」的凱特擔心，一面爲「了解後重新黏合關係」的凱特開心。

---

① 謝凱特，《我媽媽做小姐的時陣是文藝少女》，九歌出版社。

從電話線到光纖

什麼是「時光莖」？書裡沒有一篇文章談到它。書裡介紹了時光巾：以紅的一面覆蓋物品，能加快物品的衰老；黑的一面則能逆齡。在我的想像裡，時光莖不是某種滿足願望的道具，它的介入超乎快轉與倒帶。意識到它有點尷尬：平滑的膜，長出肉芽。它的形象可以比擬為「從電話線到光纖」。保有連接兩端的通訊性質，後青春期的作者不斷意識到老、有感於自己是不夠新的「新銳」，在此種閱讀之下似乎都能被理解。

無法迴避《時光莖》前半的風格，駢麗作怪，怒氣勃勃，怒放的、憤怒的，其強烈產生的「光害」，奪取了多數的關注。〈其言不善〉、〈審己以度人〉諸篇，挑戰中華教育（及其代表的意識形態與審美），愛用典故、愛用壞典故，欲以其人之道還致其人之身。

放在批評文字的領域，它們顯然不夠老練。在相近的關懷內，我們可以看見學院中的唐捐，在嫡傳的基礎上與典律作對；我們可以看見張

亦絢在《我討厭的大人》中，對「敵人」、對「我的討厭」所進行的細緻考察。

引起我興趣的是，敘事者飽脹的情緒、矛盾、近乎「洩欲」的心理需求。面對最親密的敵人，意欲掙脫又放不下。我想到周處的故事，在猛虎與蛟龍之後更棘手的東西。有時，敘事者讓我想起本質上是好學生，卻想使點壞的自己。放在小說裡，這些是非常好看的，如果小說和散文間的門可以自由來去。我認為，林佑軒將它們收入文集是刻意和那個狀態下的自己保持通訊。

《時光莖》的後半是相當不一樣的風景。〈在巴黎，我亞洲的身體〉將部分內容置入「手稿」降低表演性的手法，即是一例。鍾芭·拉希莉在《另一種語言》記錄了她放棄熟練的英文，投入全然陌生的義大利文的經驗。隨著法文不斷進步，林佑軒可能也感受到，身體裡的中文變弱了——但結構的重整也許需要「不使用」的時候？脫下蟒袍，篇章更有身段了。這是「從中華到亞洲」的時光莖。

投身與抽身是更幽微變化，我最喜歡的兩篇分據兩端。〈青春已是強弩之末〉寫同學重聚，當年的男孩們成家立業，進入新的人生階段，而敘事者替他們記住了青春，同時像個孤獨而甜蜜、留在琥珀中的小小人。〈奇蹟美照〉漫步在雪地，雪地上彷彿擺了個透明箱子，內是照片外是現實，偶遇的小帥哥、雪人與敘事者，不碰到彼此地換位置。文章的奇蹟在於呈現白與白之間的差異。

前者有電話的浪漫，讀者容易對敘事者產生認同，主觀、私密的情感像長長的隧道，極遠的另一頭是套了鄉愁濾鏡的黃金歲月。後者可比爲光纖，容量更大、速度更快，在此條件下，「我」可以評論「我的影像」，出入一種自在的寫實風格。我想「從同窗的凝視到美照的辯證」是另一條可貴的時光莖。

手塚治以及一隻叫漫畫的「虫」

我是個不看漫畫的小孩，可是我聽過手塚治虫；不看漫畫的我，不知道誰是哆啦A夢、名偵探柯南的作者，可是我聽過手塚治虫（雖然他不是這兩部作品的作者）；九〇後的我，沒看過《原子小金剛》，那是我媽的世代——可是我知道那是手塚治虫。不用讀過《哈姆雷特》也會把莎士比亞等同於文學、沒看過《城市之光》想到默劇還是會接著冒出卓別林的小鬍子（在臺灣，真的讀過《哈姆雷特》、看過《城市之光》的人，加總起來還不敵《原子小金剛》的粉絲吧？）；各個專業中總有極少數幾位能代表專業的殿堂級人物，誰能比手塚治虫更適用《我是漫畫家》這樣的書名呢？

用連環圖、誇張幻想表現的漫畫家，收拾老本行，只用文字，說起關於自己的「真實故事」。從還沒有漫畫加入的童年開始（還沒有得到「虫」的手塚治），特寫磨練漫畫技術的戰爭與戰後背景，他反差並行的醫學專業身分，以及由漫畫跨足動畫，失敗與成功揉合的甘苦。當然沒有遺漏一般讀者所期待的內容，比如經典作品的創作始末，比如漫畫家、助手與編輯如漫畫人物般你追我跑的趕稿生活。

然而手塚關心的不只是線性的個人發展歷程。他以自我拉出時間軸，整理日本漫畫各階段的發展脈絡、介紹流派及漫畫集團的運作。因此《我是漫畫家》也包含了一條以漫畫為本的軸線，更進一步地說，手塚試圖替漫畫作傳，手持「漫畫是什麼」此一根本問題探究下去，沿途拾綴個人的創作觀作為答應。他書寫的範圍先是擴及身邊的人物與事件，乃至部分以其他漫畫家為焦點的篇章，手塚使自己完全消失在幕前。

回憶錄是最容易使人信以為真的「虛構」文體。可是一旦事情迫近，往往更容易使「不牢靠的敘述者」顯明。主觀描寫軼事、爭議與流言時，手塚有十分獨特、個性鮮明的幽默口吻，事件在他的文字敘述網底下，已不是冷靜、滑順的檔案紀錄，而是仙花紙上的漫畫，油墨人物在一格格不動的「說話」與「表情」中活跳跳的。這百分之百是漫畫家的天分和魅力。

我個人最喜歡、也推薦給朋友的部分是書中的第一章「自暴自棄少年時」。在這一章，那名受寶塚歌劇影響愛上演戲，鑽研昆蟲、天文學，看了《小鹿班比》八十遍的小迪士尼迷（在書中最後終於與迪士尼本人見面），愛講落語，在戰間各個角落找空隙畫圖的男孩，還沒變成手塚治虫——還沒變成大人就有變成所有人的空間，可以是演員、昆蟲學家、小粉絲。然後在命定的某時，其中一顆種子會迅速發芽抽長；其他的專業就被兜在果實的包袱裡，成為主題。這些異常清澈的篇章，擁有最好的細節，手塚在這裡忘記了「我是漫畫家」：他蹲在我們的面前，打開包袱，像是對著玩伴介紹那些他私藏了一輩子的天象儀、《馬廄失火》、差點被戰火燒掉的大長篇。

當蜘蛛人掉入新宇宙，林肯找上桑德斯

經典角色是矛盾的柿子，最軟也最硬，你將它挑選起來時，四周會掀起一陣驚呼，其中夾帶著狐疑、訝異與不以為然。好比甜點師的試金石馬卡龍；好比鋼琴家倒背如流，卻不輕易演奏的蕭邦。喬治・桑德斯（1958-）靠著一本以林肯為題材的長篇小說獲得曼布克獎，大概就像《蜘蛛人：新宇宙》奪下奧斯卡最佳動畫長片，是意想不到的驚喜。

他們是怎麼辦到的？欺騙感官，打破我們習慣接收資訊的節奏——或曰速度感——讓敘事的機器顯形。說起來兩件作品的作法異曲同工。《蜘蛛人：新宇宙》一反過去動畫追求的「柔順」動態，利用「影格律」差異（將 24FPS 設定改為 12FPS)，使畫面變得更脆也更銳利，企圖重現翻閱漫畫書的感受。

桑德斯則是為《林肯在中陰》做了兩次手術。

第一步：用引文創造情節（讓人想起班雅明願望完成的作品是一本由引文寫成的書！）。在小說中使用報導、書信與其他形式的檔案原是常見的手法，好比撲克牌魔術，是基本中的基本。桑德斯的美技在於，將內容相關聯的引文並陳，頁面頓時化身大樓保全的螢幕，我們比對多角度的監視錄影，發現畫面彼此牴觸，主角在時空中複疊，案情撲朔迷離。靜態、彌封的引文在此安排之下，宛如被喚醒的石像，不能再繼續「無動於衷的提供資訊」，爲了證明自身的有效性，轉而「積極地」與其他引文發生對峙，發生「無聲的辯論」。

第二步：使情節模擬引文。除去引文段落，《林肯在中陰》由「鬼魂說話」聚集成形。小說採取了十分特別的文體，鬼魂與鬼魂無法「面對面地對話」，片段的證詞放在一塊，既像一具具棺材又像告解室，證人身處孤獨又連通的電話亭。彷彿剪輯多段單人訪問。將順暢的敘事剪碎，讓人想起高達在《斷了氣》爲我們做的示範。桑德斯神來一筆將發話者的名字一律放置於話語後，引文的貝氏擬態於焉大功告成。《蜘蛛人：新宇宙》以漫畫書，《林肯在中陰》以引文，創作出有「格／隔」的閱聽體驗。

「形式」幾近炫技是桑德斯爲他的第一本長篇小說特製的武器。桑德斯以短篇小說見長，這次出手堪比蕭邦寫作兩首鋼琴協奏曲，證明了自己確有掌握大編制構造的實力。若說蕭邦音樂的標誌是高貴而帶有波蘭特色的抒情樂句，桑德斯迷人的「鉤子」在他奇特的發明癖及對角色語調的精準拿捏。

從數年前譯介的短篇小說集《十二月十日》，即可一睹桑德斯的發明狂

想。舉例來說，〈森普立卡女孩日記〉中，讓普通老百姓欽羨的庭園設施，不是骨董旋轉木馬、私人動物園，而是懸絲串連的活人吊飾「森普立卡女孩」；罪犯在〈逃離蜘蛛頭〉成為愛情靈藥實驗對象，過程卻得服從施打控制身心的藥劑，包含點燃性欲、豐富語彙、自我折磨至死的憂鬱毒藥。這些「設定」在桑德斯凸顯角色性格、消除作者文字風格的策略中，擺放自然卻格外醒目，像天外飛碟排隊進地下收費停車場。落差為象徵與諷刺提供空間。當然，在被解釋之前，亦可作為單純的審美布置。

《林肯在中陰》的創新發明也有許多，試舉幾例：滯留人間的鬼魂稱棺材為「養病箱」，逐漸將不願離去的年幼亡者吞噬的觸鬚與硬殼，還有集甜美與恐怖、堪比賽倫女妖誘惑的「天使襲擊」……。詭麗的奇觀固然是文學的，但同樣值得注意的是，它使得這本曼布克獎小說更加開放，幾乎有大眾文學的接受度與感官魅力。相輔相成的，是說服力十足的人物語調；幽默、不避俚俗的說話，將小說作者們都頭痛不已的環節舉重若輕。內行的看門道，外行的看熱鬧——有門道的小說不少，但常常不熱鬧；如何與行外接通，考驗著所有純文學作家們，畢竟被閱讀的作品才是活的作品。

《蜘蛛人》又盪了回來。兩個作品在手法上的創新值得讚揚，但第一時間讓我把他們聯想在一起的，是更直觀的東西。無疑是最放鬆而刺激的閱讀／觀影經驗（如同搭上頂尖的雲霄飛車）——《蜘蛛人：新宇宙》是連續跳接 2D 漫畫／ 3D 動畫複合效果的中陰之身，《林肯在中陰》是輕盈優雅飛越過去的長篇城市。

改變

「你想回到史前嗎？現況就是這樣，你得適應。」

一般人所認識的，是身為小說家的愛特伍，甚至可以說，是寫了《使女的故事》之後的愛特伍。《使女》出版那年，愛特伍四十六歲，隱隱然站在某個神祕的交叉點：之前，詩歌是她的主力；之後，長篇小說取而代之。誇張一點的形容，她的寫作就像歐蘭朵由男人變女人展開不同的人生。

當然沒有棄與保這麼決絕，比較接近重心的轉移。在《缺月時期》後，十年過去，愛特伍交出《火宅之晨》，再隔十二年交出《門》；二〇二〇年底，也就是睽違十三年後，她將出版詩集《Dearly》——題名取得太好，充分發揮愛特伍作品的雙面特質：親愛深情／付出巨大代價。

是什麼造成愛特伍的「轉向」呢？我不敢斷言，但合理推測：相較於詩，小說更有空間容納、仔細處理議題——愛特伍對文學的「道德責任」十分敏感。於是那名銳利、充滿危險氣息的女詩人開始下沉，她比書寫小說的人格更不受控制，如馬克思・葛雷斯②不（願？）知道的自己，但她說得沒錯——

（照片攝於

　我溺死之後第二天

　我在湖裡，在照片

　中央，幾乎就在湖面下

　很難判斷正確

　位置，或說得清

　我的大小尺寸——

　水

　讓光線扭曲變形

　但如果你看得夠久

　最後

　你一定能看見我）

——節錄自〈這是一張我的照片〉

莎士比亞（影集式）的妹妹

幾乎所有的主題，《強盜新娘》的致命美人、《盲眼刺客》的科幻、《末日三部曲》的生態，都在詩作裡預排演過了。當然，這不是說詩歌單向地具主導性，詩與文的關係也不是哲基爾與海德那樣，共存在一具身體的恐怖雙胞胎。葛雷斯並沒有落入附體、雙重人格的圈套，開放了她就是「她」

的曖昧可能性——愛特伍擁有抒情詩人不尋常的特質：熟練的角色扮演、健康明朗的造句。這兩項手法雖不是獨門絕活，但如此一以貫之的使用，顯然不是「作效果」。而莎士比亞是貫徹這兩項特質的頂峰，甚至在此之上開拓了不可思議的多樣性與辯證層次。

爲求某種意義上的險境與語言實驗，有一派詩人往往「斫其正，養其旁條，刪其密，夭其稚枝，鋤其直，遏其生氣」，尊病梅似的語法爲上。愛特伍的主題儘管充斥著黑暗與傷害，但句子都流暢直接，不吞吞吐吐。當人們向女祭司問到，世間是否仍有希望。她說：「當然有希望。／就在那座井裡。／供給源源不絕。／到井邊彎下腰，你會看見。／在下面。／看起來像銀，／看起來像你，／陽光在你的後方／彷彿你的頭燃燒著。／那張臉黑黑的沒有特徵。／但那只是光的把戲。／那是希望。／在未來式中。／別被騙了。」（〈再訪祭司〉）

和莎士比亞一樣，愛特伍意識到而且了解她的觀眾，幾乎不會有人讀過她而一無所獲；有時讀者甚至太清楚她想要說甚麼。大眾文化不止於素材的擴充，許多時候（太聰明的）愛特伍甚至「故意」待在通俗這邊，又興致勃勃地反過來評估自己；跟著她「跌進一齣爛電影」，讀者或許有時會被她的政治正確搞得有點膩，宣稱「我必須離開你／從繚繞煙霧和融化的電影／膠捲中」，但又得「必須承認自己／還是入了迷」（〈你牽起我的手〉）

愛特伍當然料想得到那些菁英讀者的反映（她自己就是其中之一）。幾乎在所有議題上都選對邊站，她恐怕是「修辭精準、風格獨具，不算老套但

也太過討好」。但這難道也算是個問題——相信某些「正義」，儘管它們比較平庸、比較無聊？

雙姝生死鬥

二○一三年孟若成為第一位加拿大籍女性諾貝爾獎得主。她在短篇小說〈出走〉中，描寫曾與丈夫私奔、逃離原生家庭的卡拉，在寡婦傑米森太太的幫助下，再度逃離，這次逃離使她不快樂、有暴力傾向的丈夫。如果是愛特伍，她會怎麼寫這個故事？恐怕她不會讓卡拉一搭上長途巴士就反悔，甚至向丈夫「舉發」傑米森太太。恐怕不會讓卡拉的婚姻回到正軌，隱微地從一隻失蹤小羊的結局，透漏和平下的危機。

愛特伍常讓我想到艾蜜莉・勃朗特。（小說的光芒掩蓋了她身為傑出詩人的才華）。哥德風格、熱情濃烈的敘述，但愛特伍有她狡猾的部分，不時會轉為諷刺意味的表演。若硬要讓愛特伍與孟若展開一場矛盾大對決（若她們真的一個像夏天一個像秋天），會是甚麼情形？從不嚴謹但有趣的方向去看，這場對決起源於十九世紀：這是艾蜜莉・勃朗特之於珍奧斯丁的對決，《咆嘯山莊》之於《勸服》的對決。

女性主義的不同路線。在她所肩負的任務（或包袱）下，愛特伍詩中改寫的女性角色們往往不那麼有趣；不外乎反擊的有力與無力。但也有驚喜。看看這個發生在旅館、現代的藍鬍子故事：「那隻掌握全場／渴望親吻的野：獸在哪裡呢？／曾經屬於那些手的／身體在哪裡呢？／／後臺，總是大屠殺。／紅花瓣掉落滿地。／你希望他們是花瓣。別打開／那扇禁忌之

門／上面刻有／／「只限員工」。別看／那間最後最小的房間，噢／親愛的，不要看。」（〈冰宮〉）雖然男女之間的權力鬥爭仍糾結，但另一個主題呼之欲出：改變。

詩人或小說家，生者而死者，古典又現代，關係生鏽、記憶迷路，但「現況就是這樣，你得適應」（〈你想回到〉）。不管讓人有多麼驚訝，改變都已成定局——一張白紙黑字的相片。在這巨大的落差中，愛特伍終於真正進入無可描述的黑暗，一扇禁忌之門。從一名勾勒未來圖景的女預言家，轉為與他界協商的女祭司。「我彼時的身體／我當下的身體，此刻我坐在／清晨桌邊，孤獨而開心」（〈火宅之晨〉）。具備如此質素的詩作多半集中於《火宅之晨》、《門》，比起仍火力不減的小說創作，率先預示了愛特伍的「晚期風格」。

---

② 小說《雙面葛蕾斯》的女主角。

作為《使女的故事》的續集，《證詞》有什麼不同？

《使女》從頭至尾透過一個女性聲音（框外的〈史料〉不算的話），吐露在宗教極端主義的基列政權下的生活經歷。女性在身體、經濟、知識上皆受嚴格控制。敘述者語調平靜，隱含怒意，精細地將外在與內在變化編織進故事的畫毯；細節重於情節。章節幾乎可比作摸黑在房間與房間之間前進。若說影集、圖像改編與原著最大的差異，可能就在於這種因受限視野而形成的封閉感。

《證詞》有三個聲音。即便不考慮愛特伍小說筆法的變化（更明快、邏輯更清晰的劇情推進，降低詩性修辭），三個聲音也帶來非常有趣的結果。敘述者分別是基列中長大的艾格妮絲、基列外長大的黛西、曾生活在舊世界，後被基列迫為收編的麗迪亞嬤嬤。三個向度的點，足以構成平面。《使女》的畫毯，有平整的表面與滿布醜陋的結的背面——反烏托邦小說的諷

刺力道與危險皆源於此。而《證詞》的平面是另一種：當二與三加入，基列的盒子打開，那中間對話的區域，我稱之為「緩衝帶」。

實體：艾杜瓦館

在基列，為求門當戶對，婚姻自然是安排的。年輕女孩倘若不願嫁，有什麼選擇？其實就是《仲夏夜之夢》也出現過的兩條老路：死路一條，棄絕俗世（也就是出家）。成為死人或出家人，讓她得以突破社會規範的限制。比起一了百了的「登出」，後者更難以被歸類，彷彿住進特例的括弧，「成為嬤嬤不是權利是特權」。艾杜瓦館就是那括弧。

在夫人、使女、馬大之外，嬤嬤自成階級，負責使女、少女、新娘的教育與規訓，擔任婚配的中介人。收到「更高服侍的召喚」的她們，比起神職人員，更像女舍監或女特務，儘管在特定時空背景下，修女與尼姑擁有「多重身分」並不罕見。

愛特伍創造艾杜瓦館，讓聚光燈打亮嬤嬤們的活動足跡，原先看似扁平的基列政權因而起了摺曲。艾杜瓦館內，嬤嬤一手發明基列女性的儀式守則，延伸父權之惡；艾杜瓦館內，嬤嬤擁有絕對自主權，隱然又是女性「妥協中反抗」的最後堡壘。它正邪並存的特殊狀態，在小說的地理與心理層面上，形成了無法迴避的龐大曖昧。

嬤嬤們的力量來自於兩種知識：讀寫能力、祕密情報。受過訓練的嬤嬤被允許在館內，閱讀聖經原典——許多內容與政權所宣稱的教義大有落差。

她們必須去將自己在兩者間調和、或帶著這層「真相的薄膜」去過活。同時，嬤嬤們將祕密情報作為籌碼，暗中箝制主教、夫人，甚至彼此，艾杜瓦館相當於情報中心，操縱不可見的因果下的「正義」。館內與館外「知的落差」，致使它從外部看來，儼然成為空白地區。嬤嬤的力量來自於高深莫測。

空白瀰漫、煙霧四溢，自己也可能看不清楚自己。一旦獲得尊榮與人身安全的保障，復仇並不容易堅持。愛特伍選擇了希望。

虛線：跨越邊境

求道者嬤嬤在升格為正式嬤嬤前的最後任務是到海外傳道，兩人一組，發放小冊，吸收陷入（性別）困境的年輕女孩，投奔基列：「珍珠女孩負責採珍珠」。這是一種定期的人口移動。而另一種移動不那麼定期，從基列出逃的案例亦層出不窮（可能由反基列地下組織「五月天」協助）。

《使女》之後，《證詞》的視域突破了基列的邊界。隨著每一次跨越，拉出寬度、深淺不一的緩衝帶，在它們的張力中，事物可能裂成兩半。

寶寶妮可就裂成了兩半。身為使女的母親，將她偷渡至加拿大；此事引發雙方政府的角力。寶寶妮可的照片在基列聖人般複製，她的歸還，有「完璧歸趙」式的政治意義；另一方面，她也被反基列抗議活動運作為精神象徵（「寶寶妮可！自由的象徵！」）雙方都在掠奪，將寶寶挪為己用——而寶寶則在不知其為寶寶的情況下，長大成人。

偽裝也是一條緩衝帶。由外部滲透進去的黛西，必須張開羊皮戒慎模仿，而從基列出逃的艾格妮絲，則必須學習穿上狼皮。真假公主的戲碼是迷人老招──愛特伍從不避通俗劇。《使女》中對照（基列）現在之於（美國）過去，《證詞》則提出內與外的比較。

這樣的「比較」自然不是「眼睛對眼睛，鼻子對鼻子」的。交換身分的時候，遺漏、包藏、猶豫都會發生。愛特伍透過小說展示，對存活下來的見證者、存留下來的歷史遺產而言，跨越邊界從來不是一瞬間就從這裡到了那裡。邊界會轉印在人與歷史的身體上。拖泥帶水地，像與一條彈力繩搏鬥。

聖母峰、空箱、牯嶺街

五年二班的同學沒有人想要拿到《戰爭與和平》。經過導師與家長代表討論，班上新購入一套東方出版社的世界少年文學名著。嚴格上來說那不算整套——計畫是，每個小朋友手上能拿到一本書，隔周再傳給下一號同學。但小朋友其實精明的很，看穿大人「透過交換，每個人等於都擁有整套書」的騙局，他們心知肚明，一開始拿到的、也就是畢業時他們能夠帶回家的那本，才是他們的真正財產。我記得我恨恨地瞪著搶走《愛的教育》的同學。回頭上網查詢，赫然發現封面圖片是兩名美少年相親相愛的畫面，不禁感嘆好個英雄出少年。

讀《戰爭與和平》難，難在下手。很多人知道它，就是無法拿起它。藉口數百種。譬如登小說的聖母峰，實務上，它不會是最險峻的目標，甚至還帶有某些媚俗的意味。可能，毫無保留的愛國主義（你從劇情簡介猜想它是這樣的作品）在年輕世代眼裡，非但不刺激反而顯得可疑。也有斯語系的學長說，俄法戰爭的細節對臺灣讀者太陌生，吃力的消化降

低了食慾；俄國人名不容易記，更何況角色逾五百名……。我的讀書雖有規劃，但也頗迷信命運，遇上繁體中文版重磅新版出來，不給它一個機會、給自己一個理由嗎？

面對大部頭巨著，我印象深刻的求生指南有二：《追憶似水年華》值得一讀，但如果時間不允許，讀過第一部〈貢布雷〉足矣。第二是歐麗娟老師給的建議，第一次讀不下紅樓夢，不妨從第五回開始，直接進入寶黛主線故事。我邊讀《戰爭與和平》邊動歪腦筋，想替人出些餿主意，比如把「戰爭與和平減去戰爭」，著眼於安德烈、娜塔莎、皮埃爾等人之間的愛情故事，略去庫圖佐夫對上拿破崙的戰爭場面；但讀著讀著就把自己推翻了。借木心先生的話，「《紅樓夢》中的詩詞就像水草，放在水裡好看，撈出來就不好看」，失掉戰爭背景，愛情故事的鮮活不顯。普羅高菲夫耗去十二年將之改編成歌劇（全曲演出近四小時！），濃縮劇情為十三景，第一景始於安德烈痛失愛妻的消沉，娜塔莎與索尼亞在月光下談心──原著展開五百多頁處。或許可以參考。

無論「少年版」或懶人包，世界名著總不乏精簡本，劇情為主要考量，有戲很重要。（書中精采的戲，我私心偏愛安德烈妻子難產、安德烈之死以及索尼亞「被迫」解除婚約的描寫。）因為二手資料的容易取得，閱讀原典時，使我驚喜的往往是那些永遠被夾掉的段落：在亞哈船長對抗莫比敵的故事外，多少人有福享用《白鯨記》中，拿露脊鯨與抹香鯨的頭部相比較的絕妙橋段？

《戰爭與和平》第三部後半，拿破崙親臨莫斯科城外，耽溺於想像自己

進城後廣施恩澤將展現的豁達氣度，尚不知道莫斯科此時已是空城。托爾斯泰筆鋒一轉，暫停時間，整整兩頁形容養蜂人打開遭棄、失去蜂后的空蜂箱的情狀。三十頁之後，士兵進城，莫斯科陷入火海。

這時就像自由潛水一口氣就能讀到他說的那段了——大學時期上網用畫質很差的片源看《牯嶺街少年殺人事件》，主角雖然是張震，心裡記得的卻是側面的鏡子，穿海軍制服、披外套的 Honey 說：

「我在臺南，無聊得要命，每天可以看幾十本武俠小說，後來我叫他們去幫我租最厚的小說來看。其實以前的人，跟我們現在出來混的人，真的很像。有一個老包，大家都以為他吃錯藥，我記得好像全城的人都翹頭了，而且到處都被放火，他一個人要去堵拿破崙，後來，還是被條子削到。《戰爭與和平》，其他的武俠書名都不記得，只記得這一本。」

他口中的老包，就是意圖刺殺拿破崙的皮埃爾，是將隻身赴約、與外省掛談判的他在書中的倒影。在其他可能的世界中，我會成為他，而他會成為我。Honey 由楊德昌親自配音。有人說，皮埃爾的原型就是托爾斯泰自己。

跳臺與夢

當敘述者進入夢鄉，出現在身邊的是教練與男孩們，他們正搭乘巴士前往廢棄採石場所形成的湖。在湖邊進行游泳訓練。輪到他跳水時，他發現自己所「取代」的那名男孩，顯然十分擅長游泳，問題是，他是一隻旱鴨子啊！教練嚴屬的目光帶著失望，投射過來。跳，還是不跳？

翻到《夢游者》的這個片段，讓我想起一個跳臺、一個夢。

那個跳臺在安德烈・薩金塞夫的《歸鄉》。伊凡和哥哥安德去海邊玩，加入一群同齡男孩的遊戲。為了證明自己的勇敢，男孩們輪流從高高的跳臺上往海裡跳。眼看大家都順利完成，伊凡不敢跳下來。跳臺底下，男孩的鼓譟從鼓勵到嘲笑，變成威脅：不跳的話，永遠別想成為我們的一份子。天黑了，男孩散去，伊凡還在上面。他無法跳下去也無法爬下來。

那個夢是我曾經常做的夢。夢中，我是個小巫師，在學校與同儕練習魔法或是在一片混亂中對抗邪惡反派 —— 作為喝《哈利波特》奶水長大的小孩，會做這樣的夢，應該不難理解。我隱約知道自己是個冒牌貨，又不十分確定。有時僥倖地從魔杖發出火光（低階的魔法通常比較容易生效），不被拆穿；有時又在眾目睽睽之下，傻呼呼地騎著掃帚卻無法起飛。最困擾我的，倒不完全是羞恥感，而是對自己的不理解。

《夢游者》中的他跳下去了。後來被母親找到的伊凡沒有跳下去。我還在猶豫要怎麼看待自己飄忽不定的天分。在找到答案之前，我已經不再做那個夢了。

距離感

隔離展開已經兩個星期。人類變成鱸鰻已經兩個星期,快速從自己的住所、房間伸出頭攫取所需,旋即又縮進去。距離感被重新定義。譬如二〇〇七年高鐵通車,臺北與高雄形成一日生活圈,今日從敦化南路到敦化北路的移動,已是天涯到海角的尺度。外送成為家常便飯;比起買與賣,商店更常進行寂寞的遊戲;送出網路購物的訂單,彷彿是試著與外面的世界通話。

我看見著名女高音開始線上教學,她說:好想念真人的聲音,難聽也行,音不準也行,讓我聽到活生生的人聲吧!

我看見同志情侶的居家工作經驗分享,愛講話的他被另一半約法三章:

「你現在就當成我在公司上班，要跟我講話就要打電話給我。」又說：「我沒接電話就不要吵。」

我想起疫情爆發、電影院關閉前，看的最後一部電影《歡樂時光》。故事主線圍繞在四名輕熟女之間的友誼，與她們各自的人生近況。說到底這是一部討論「距離感」的作品。距離感絕非客觀、也不是一成不變，當你太注意自己，或太注意別人，又或者混淆了距離與距離感，隨時可能失去平衡、陷入混亂。

四個朋友一起去參加了「尋找身體重心」的工作坊，這時，其中兩人因為懷抱著另外兩人所不知情的祕密，因此感到不大自在。電影幾乎等時保留工作坊的過程。某一個活動是這樣：人與人面對面，對準彼此的「中線」，一旦對準了，當中任一人的移動都會帶動另一人。然後可以像跳繩遊戲那樣加入人數（從兩人的線拉成圈），每一次加入都會改變「中線」，因此必須時時觀察校正。

另一個活動：人與人緊貼著額頭，「發送者」心裡默想詞彙將它傳遞給「接收者」。儘管沒有一組成功達成目標（講師笑說畢竟不是超能力呀），學員們也認同某種「感應」使他們的題目與答案之間產生了「關聯」。

濱口竜介引用具有說教性質的「工作坊」作為觀影的「使用說明書」，雖然作弊但有用。之後，祕密將揭開，四種人生將遭遇大小風暴，在一次次坦露心聲的時刻，她們有時守規則、有時打破規則──人與人的溝通，拉遠看，的確有共同的理想與目標，拉近操作，卻又一再失靈。「我」對群

體關係的想像是絕對主觀的。比如，明里用自己的標準量度，認為純的決定是疏遠朋友。比如，在櫻的眼裡，芙美一再怪罪自己是一種傲慢。我很喜歡《歡樂時光》在自然的對白間，將「我」與群體撕開又黏合：一張各種毛邊與摺痕的色紙。

昨天晚上，珠子與朋友相約視訊喝酒。也是四個朋友，也是輕熟女（男兒身的）。珠子將過去派對的照片設為背景，我坐在鏡頭中，與當時反串扮裝的酒局自然融合，彷彿一名違規尋歡的浪蕩子。調校指向型麥克風的阿綢，剛剛首次體驗在自己的房間教授高中國文。美琪的畫面右上角，男友正跟著影片學瑜珈。珍珍一口接一口清脆的零食就把足跡重疊的疑懼壓過去了。她們將吊嘎背心交叉扭轉成晚禮服，向彼此舉杯。在安全的距離中，她們也沒有錯過任何歡樂時光。

映像一

i

「眼前發生的每件事都被另一件事擠壓。」安・卡
森（1950-）在作者序中引述亞里斯多德的故事，
這句話可能是理解《淺談》的鑰匙。短，散文體，
四十五段以「淺談」爲題的詩。一般來說，淺談
（short talk on...）總有種「論　　」、「以　　爲
主題」的想像，但卡森的邏輯並非如此：她的詩是
多核心的，暫時置於標題的名詞，馬上就會受到擠
壓，像閃電、神經，迅速地長長腳。卡森精通古希
臘語、比較文學、人類學、商業藝術，曾以現代語
言翻譯莎弗、《阿加曼儂》；她在詩以岩漿覆蓋典
故的城市，最終會抵達《紅的自傳》這樣的獨特景
觀。她語言精采處，當然不在別致的意象，可以說
是「組織」，但更貼近的詞或許是「動勢」。《淺
談》和谷川俊太郎的《定義》乍看相似，採取的卻
是幾近對角線的策略。《定義》理性、不厭其煩地
回歸到目標物上，像固定翅膀的細針；譬喻地說，
《淺談》是蟲——蛹——羽化的縮時紀錄。

淺談

50

在《烈火》裡，他是獨身住在野地，面臨初老的男
人。他自比《暴風雨》中失去魔法的普洛斯比羅，
有時是奧菲斯，但他仍在野地裡。三不五時回望
他以一個小男孩的樣子住著的匹茲堡。他思索如
何在生活中安置心靈。在孤獨的失去愛妻的初老
野地裡，他想起生命中的幾個女人，有情人，也
有不確定是否曾對上眼的牧羊女，有失去的美智
子，這本書題獻給她。在《烈火》裡，傑克·紀伯
特（1925-2012）用平實的字句寫詩，多是一頁格
局的小房間；他是那種很會布置房間的人，東西不
多，總俐落好看，恰如其分。他有時會將轉折、變
老、收藏往日回憶的心靈留在屋內，然後從窗外觀
看它。紀伯特的詩不會定格在某處，而是順著句子
從某個平凡的屋簷滴落自然轉進與屋簷不相干的角
落。他簡單的房間不時也有「刺眼」的物件：一類
是（譬如一隻章魚）高聳特出的意象出場，一類是
會穿牆拜訪的人事物；其中最讓人無法防備的是那
不時讓詩人脫口而出的「美智子……」。那些有美
智子的房間是詩人晚上睡覺的房間。

烈火

9.5×12.8 公分，六百一十頁，《愛是來自地獄的
狗》握起來，就是查爾斯・布考斯基（1920-1994）
形狀：短、更短的句子，水管般，沒完沒了的情
節，一首接一首，這女人接那女人，分不清楚誰是
誰，酒精中挫敗與自在何者占較高的比例。被譽為
「美國底層人生的桂冠詩人」，不知道布考斯基習
不習慣？在他寫實到不行的敘述中，高或低施不上
力，會讓敘事者火起來的，也不是貧富差距與階級
鬥爭，而是人生碰上的爛事。至於桂冠——典故、
譬喻、讓文法做高難度瑜珈的審美——完全不合口
味。在表達意見與藝術性上，布考斯基缺乏競技式
的企圖心。個人化、筆記性格、不無吹牛皮諷刺低
級俗濫的寫作中，詩人有一種「壞了規矩然後成
了規矩」的法子。傳神的塗鴉。感情中不負責任、
物化女性、極「性別倒退」之能事。面對厭女的
指控，布考斯基回答：「我對男人更壞。」愛是一
條狗，甚至還是很地獄的。這飽經風霜的老獅子，
好傢伙與惡棍，我們該拿他怎麼辦？

愛是來自地獄的狗

不看其他，兩位人物就足以讓波蘭躋身文化的富國：爲鋼琴寫詩的蕭邦，以詩句歌唱的辛波絲卡（1923-1966）。自增訂版《辛波絲卡》，睽違近十年，在翻譯外文詩開疆闢土的陳黎、張芬齡，終於回歸這位雅俗共賞的經典詩人。《辛波絲卡·最後》以詩人最後一本詩集《這裡》的完整譯本開頭，然後展開倒退的旅行，逐作挑選前譯本錯過的珍珠，兩本詩選如同去程與回程的列車，在交會的瞬間平行而過，趴在窗邊的乘客容貌或接近或迥異，都攜帶獨一無二的故事皮箱——也許就像〈少女〉詩中，「我」與「少女的我」見面的情景？辛波絲卡的詩是鹽系的，因爲似曾相識，讓讀者有難忘的臨場感。詩中的懷疑有孩童般的澄明，靈活的布局使之五官立體，更暗藏難得的幽默與劇場性格。若找出林蔚昀所譯、「打對臺」的《給我的詩：辛波絲卡詩選 1957–2012》對照，重複篇章或能看出譯者對於詩作意趣的不同認識。波哥雷里奇的蕭邦，傅聰的蕭邦。

辛波絲卡·最後

V

達文西是例外。人們很難相信、也或許是很難想像，一個領域拔尖兒的大家身兼另一個領域的翹楚。蝴蝶專家的納博科夫也是例外。如今更要加上寫詩的電影大師阿巴斯・基阿魯斯達米（1940-2016）。對伊朗外的世界，我們先認識的應該是拍出《何處是我朋友家》、《櫻桃的滋味》的阿巴斯。譯者黃燦然將三部詩集快刀剪成一部，並給予專注於短作高度肯定：「寫俳句應該是一生的事業，像日本俳句詩人那樣，才會有成就。而阿巴斯碰巧成了這樣一位詩人。」相較於小林一茶，生活和自然彼此互文、詼諧自適；阿巴斯冷靜且與紀錄的對象／意象保持距離，有如一隻狼的觀看，有如在詩人的崗位站哨。他的作品在現代詩叢林中，如伊朗的曠野，有「一目了然」的美德。就像一張明信片，也適合寫上明信片。

一隻狼在放哨

在評論與知識領域，四方田犬彥（1953-）是雜食的，電影史、漫畫論、飲食、旅行，甚至古典文學，與其個人化的筆法結合，美好而可口地吸引讀者跨出舒適圈。對於詩歌，四方田犬彥則多了份「認真與專情」，寫作時間跨度雖大，幾經蛻變與磨滅，內裡仍是行過邊陲之路的「石頭的心」。這本自選集包含了三部作品。著迷於波特萊爾與韓波，《眼之破裂》的情感強烈尖銳，詩人準確地自剖：那是「充滿屈辱與陶醉的十七歲」。經歷摩洛哥、巴勒斯坦的浪遊，《人生的乞食》並行他方與自我的龜裂，如攀登同一座「煉獄之山」；其中又有〈137〉與思考炸吐司耳朵這樣的妙想怪詩，閃現口語的慧點。《我的煉獄》是本書的扛鼎之作，更乾且脆，末日步步進逼，讀來如伯沙撒王宴席中猛然看見牆上的那句「彌尼，彌尼，提客勒，烏法珥新」。高橋睦郎的詩也曾帶我們瞥見這陰暗斑斕的石壁。然而高橋的主人翁體態健美騎著飛馬，四方田襤褸，結滿厚繭，用腳思想。

人生的乞食

古典、平衡、悲劇性的紫，珊瑚色的肉與精神；水
涼涼的紫襯衫，在日落中落日般發光的少年；在
風的競技場上，襯衫與少年搏鬥著。──這說的是
《晚霞與少年》的裝幀，也是高橋睦郎（1937- ）
的詩歌表現。痛苦、存在、男人之間性的張力，是
高橋睦郎的中心主題──也是三島由紀夫的，但兩
者的呈現有殊異質地：三島由紀夫的散文，毒蜘蛛
般精巧輕盈的匕首；高橋睦郎的詩，沉且鈍，反映
行動的劍。譯者田原指出高橋詩歌中強烈的「反世
界與批評性」，在詩人直接而高貴的語言氣質裡，
不落於犬儒主義者的傖俗。摔角手、公牛，一次次
出現，自在而鮮明的形象，是尼采的《道德系譜學》
裡優游於主人道德的「金髮的野獸」：「在掠奪與
勝利間，熱切地昂首闊步」。然後在他們一次次毀
滅中，詩情達到獻祭式的高潮。這是情色與世界撞
車卻完整的時刻──詮釋薩德侯爵的帕索里尼會引
為知己吧。

晚霞與少年

托爾斯泰描述一張沙發，他的措辭彷彿之前從未
看過沙發，也從未想過沙發可能的用途——蘇聯
形式主義先驅什克洛夫斯基用這個例子說明「疏
離」的效果。谷川俊太郎（1931-）的《定義》，
刷新景觀的地方或許並不在散文體的外表，題名即
宣告：回到物被賦予名字之前的「前定義」狀態，
或，當名字成爲慣習，定義不再被思考，進行「重
定義」。相對於詩集《我》將「我」放在視野中
心進行解剖，《定義》去除了「我」，或者將外
在世界切片，進行「我」的考察。蘋果、度量衡、
灰色，作爲它們自己被詩人理過一次；作爲方法
發明家的詩人，弔詭地讓讀者感到它們似乎也不
必是蘋果、度量衡、灰色。跌破眼鏡，本書的「遊
戲性」極低——以定義思考存在是嚴肅的（有時
嚴肅得幾乎引發諷刺意味）。它近乎說明書的口
吻，神聖而透明。只要進入遊戲，所有的說明都
是嚴肅的。

定義

心是一塊白板，經驗主義者如是主張。（寫滿了字，心應該很累吧？）試問，怎麼越過團團黑筆記，說出什麼是一塊空白的「心」？以每月一首的速度，在《朝日新聞》副刊上連載五年，谷川俊太郎（1931-）將六十首短詩結集成《心》。顧名思義——特徵、定義、譬喻、故事欲勾勒的——關於「心」。心理學、意識流擺一邊，詩人將「心」視爲貼近他、卻使他困惑的對象，莫內之於乾草堆那樣，紀錄它的變化。詩人自陳，寫作這一系列作品時刻意「不驅動任何情感」。或許因此，心與頭發生爭吵、心無處安放時，口氣不澎湃、內容不蕪雜，像是自省的練習。（比起修行的功課，可能更偏向晨間體操？）至多——微微晃動的心，蟲咬一般的煩。谷川俊太郎晚近的創作，語意直白、造景單純，《心》的重複塑造，素樸如一盒紙黏土的可能。差一點落於無味之際，又隱隱然有山泉的口感——而這種低限的詩意，意外的能在流行音樂中得到呼應。

心

x

Minimal 字面的意思是極簡、最小，谷川俊太郎（1931-）以此命名他一系列字句簡潔、三行一段的創作。詩集的份量也輕盈，三個輯子中各有十首，就像現代美術館寬敞明亮的空間中，奢侈地容納幾件小物。水、語言、「我」與宇宙的關係依然是詩人心頭常冒出的四分音符（或是休止符？）。雖然詩人表示這些詩「與俳句——或是某一類唐詩所擁有的、與饒舌相對立的東西——達成了同一步調」，取向卻不相同，俳句如青蛙落水以小見大地暈染、擴散，minimal 則是在沒有殘響的地方用線歌唱。因此也表示「即使體裁發生變化，我自己卻沒有發生任何改變。」谷川俊太郎的寫作有種，不是刻意打掃的清潔感，建立在意象流轉的歌唱性；他的詩的畫幅這麼大、東西又這麼小，讓人想起某些米羅的畫。米羅也簡單，他畫筆下的詩是「女人、鳥、星星」。

Minimal

若你看過《日曜日式散步者》，喜歡裡頭穿插在
歪斜靜物畫式鏡頭間，水蔭萍等人的詩，你也會
喜歡中原中也（1907-1937）。喜歡他，如他喜歡
藍波與波特萊爾。《山羊之歌：中原中也詩選》
納入早逝的詩人留下的兩本詩集，《山羊之歌》
與《往日之歌》，其中〈汙濁了的悲傷之上〉等
皆是在日本家喻戶曉的名作。詩人描繪失去戀愛、
朋友、親人的作品尤其動人，它們匱乏惡意的黑
與毒，好比冬日唱著哀歌的雲雀，內在仍有小小
的溫熱的心，可與宮澤賢治弔念妹妹的詩作並觀。
對今天的臺灣讀者來說，中原中也或許不是透明
的詩人，無法直接無縫地套疊於日常之上。他的
抒情、語言的姿態、他的悲傷是有色的賽璐璐片，
閱讀中原中也適合昭和時代的咖啡館。讀著「困
惑啊，你這古舊昏暗的氣體啊／你盡可從我的身
體離去」，幾乎就能嗅到當時舶來的洋文學洋菓
子在桌上如此摩登尖新。

山羊之歌：中原中也詩選

有一類詩人，我們先喜歡上作品背後的性格與聲音，然後不時想念「那個人」、想聽見「那個聲音」，木心如此，西西如此，我們樂意「全面地」閱讀他們，以至於不那麼好的虎牙與雀斑也好看了起來；金子美鈴（1903-1930）也是如此。去世時年僅二十六歲，由家人保存的三冊遺稿於五十年後出版，隨即廣受喜愛，金子美鈴的詩與詩中的世界——純眞的眼光、清新的景致、大正時代的風土民俗——完好地使人驚異，讀者彷彿觀賞西洋鏡內的世界：看得見卻碰不著有種特殊魅力。詩全集原有「美麗的小鎮」、「天堂裡的媽媽」、「寂寞的公主」三冊，在本書的編排下合而爲一。短而輕巧的童詩與歌謠，連綿無盡，著眼處都簡單眞切，觸發了一種奇特的空間感：那是我們在草與草原中能充分感受的。（白色的視野，淺綠色的草，深綠色的線條是風的痕跡，霧室的內頁設計是出色的配樂。）

Days of My Past：512 首詩，重返金子美鈴的純眞年代

若詩是氣態的，散文是液態的，韓江（1982-）的《白》將是那本讓我們困惑的書，液態地停在生者與死者之間的空中，霧中有女人的臉。繼《素食者》，再度入圍國際布克獎的《白》不依賴敘述與故事建築，它宛如其中一段描寫的：「飛機慢慢地向城市靠近，被一點一點白雪覆蓋的景象也逐漸拉近。然而那並不是雪。……在轟炸之下，這城市百分之九十五以上的建築物都被摧毀；白色的石造建築殘破不堪，其灰黑色的殘骸無窮盡地延伸。」短與沉默，不是（空）白，不是（留）白──「我」與「可能的我」輪流被取消；小段落是讓我們得以走一遭的墊腳石。全書分三個部分：〈我〉以夭折的姐姐開始，發覺「如果有了姐姐就沒有我」，同時「我」在異境華沙展開一段新生活；〈那女人〉不完全是死去的姊姊，她被想像成一名「活下來的孩子」行走在世間；弟弟結婚時，燒了件白棉衣給母親，在〈所有白〉裡，僅有的字也像燃燒的衣袖，逐一消失。閱讀韓江，像在寒冷的江水裡游泳，為了生存而抬頭吞下的空氣，比江水寒冷。

白

亞卓安‧芮曲〈潛入沉船的殘骸〉，可以做為閱讀
《深海作業》的一把手電筒：「我來探索沉船的殘
骸。／寫成文字就是目的。／寫成文字便成為地
圖。／我來親眼看看船體所受的損害／以及依舊安
然無恙的寶物。」。夏宇之外，陳昭淵（1985-）
是另一位，每出一次詩集就發明一種遊戲，令人驚
喜的詩人。《深海作業》的規則：作品被解剖，一
半留在紙的正面，一半在背面。翻轉後，像異形遊
街，斑斕難辨，唯有透過光照，才能將兩界縫合（陰
陽兩隔的對唱？）。「作業」有雙重的意涵。作為
詩人的工作，陳在憂鬱的日記中尋找換氣點，在鏡
中看見惡靈。作為內省的功課，詩人重估「我」的
廢墟，與「主人」聯繫與交涉。閱讀這本深綠色小
書另一種（更天才的？）方法是，直接拋下沉沒於
白紙的殘骸。可以腦補，可以不腦補——不腦補就
出現奇特的節奏。意料之外的停止與開始，讓我們
想起閱讀莎弗詩歌的樂趣。

深海作業

作爲一種顧城〈鬼進城〉的反彈，鄭琬融（1996-）
開篇就將鬼帶出城，後者活得像鬼，前者學習做
人。《我與我的幽靈共處一室》實際是一場戶外
教學：潮濕與腐敗的意象大舉入侵，都市與居所
也成荒野，詩人以一種幾近決絕的聲音在其中劈
砍，紊亂與濃烈的顏色氣味反而像潔癖。書分四
輯，隱約可分前後半。前半是屬於鱷魚和虎姑的，
（女性）身體與（心靈）危機在這些詩中常以蔓
延或乾癟狀態出現，「脫離時效性」與「健康」
是重要的主題；語言特色上，劇場獨白般的句子
卡在其中如枯枝。後半詩作除了漫遊異國，也加
入更多主觀經驗外的題材；時而冷靜觀察，時而
派對聲光，或許那是詩人說的，「一種推開雲霧
的方法」？整體而言，鄭琬融擅長「多長一點」
的技巧，比如從白化長成「白熱化」的珊瑚。她
擁有豐沛的表現能量，落筆有「山洪挾泥水而下」
的力氣與速度。

我與我的幽靈共處一室

陳顥仁（1996-）的詩是平緩而明媚的郊山，閱讀起來有動線、有風景。他處理題材的手法，不是大刀闊斧開發，而是順著（抒情的）山勢與（音樂的）材質行動，使人在合度的行進中觀摩與瀏覽。《愛人蒸他的睡眠》書分六輯，對稱如衣櫥。其中（一張翻唱專輯）瞄準夏宇的四本詩集，（桌上的黑盒子）處理劇場經驗，輯名以括弧打包，是可以收入、拿出亦無妨的衣物。「窗景」是寫生，使自然與人物都帶有物理的美感。「熱牛奶」隱匿於黑夜的棉被裡，此輯裏住了書中最壓抑而燙熱的慾望與情愫。陳顥仁常用四字成句、用「是」作為關節，在譬喻的功能外，更透漏了詩人對於整理與辨明的偏愛。「房間詩派」（或可稱愛人？）與「愛人骨頭」像衣櫥的兩扇門，令人想起阿比查邦・韋拉斯塔古的錄像裝置《煙火（檔案）》：深夜裡，僅用仙女棒的火光勉強照明，公園的長椅上一對愛人如雕像般相倚；一陣昏黑後亮起，長椅上是兩具白骨。

愛人蒸他的睡眠

「天上浮雲似白衣，斯須改變如蒼狗」，三月方
出版融合政治與戀愛經驗的《小寧》，楊智傑
（1985-）搖身一變，從路上走到天上，端出《野
狗與青空》。書分八輯，如八角茴香，重量輕，以
氣味迷人。裝潢意象及撿字偏好，近於馬翊航的
《細軟》，如細緻的手工花燈。句法與書寫風格，
受益於外國大師的養分，可能是曹馭博《我害怕屋
瓦》的同路人。但與上述兩本不同，繪測怨恨、絕
望的心之暗面，楊智傑說「青空深處，那裡存有的
竟不是悲傷，而是深深的愉悅」。是的，詩人暫時
將眼光從生活之厭和惡移開，取向超日常的人生體
驗：「一生」作為度量衡、和大寫的你談大寫的戀
愛、「在與人間相仿的時流上飛」。儘管組詞技巧
宛若魔術，數行之間幾度狸貓換太子，這不是一本
迂迴稠密的作品，野的青的是如虎添了翼，狗與天
空都是親近人的，不咬。《野狗與青空》可能更是
另一高樓的建築計畫。想像工程跑得很快，情感與
內在的厚度稍有時差，但紅藍紫灰中，輪廓線已隱
隱可見；讓人不禁期待它皇皇落成的那天。

野狗與青空

披著川貝母華麗生猛的毛皮，重磅登場的是什麼神？陳牧宏（1982-）說，那是「愛情做的男孩」，崇拜的筆在馴服的、更多是野生的他們身上不停摩娑。不妖（冶）的花神與汁水淋漓的小鮮肉，看似衝突實為一體，都是那被大叔遠觀也想褻玩的。身為靈感的男孩，有時是植（直）物，有時是動（洞）物，在日常的家居，也在社會運動的現場；敘述者熱情敏感，卻不時發現身為大叔的時差，上演一場場「美女與野獸」的內心戲。除了無名的肉體野獸外，楊佳嫻在序文也點出此書致意的知名詩壇眾神，而其中最雄偉的先輩（好像那些年帶學弟做壞事的學長）非鯨向海莫屬。兩種人讀這本書會有隱密的雙重樂趣：前面的是能拆互文與典故的文學眼睛，後面是能嗅出暗號套語的酷兒鼻子。最驚心動魄的精心弄破需要雙方一同完成，如果能夠找出叢林中的那句野獸，眾神也不會感到那麼孤獨了吧。

眾神與野獸

二〇一六年桃園市空服員職業工會發動罷工以來，勞資雙方對於工時過長的拉鋸浮上檯面，直至2018 年賴清德推動勞基法修法、同年一月修法強度關山，民間反彈聲浪到達高點。《我現在沒有時間了》是勞方被偷時間的吶喊，也宣告「更待何時」的緊迫性，更重要的它是一場在絕食抗爭現場的詩歌朗誦會，朗誦會做為原型衍生了這本書。不以文學性做為優位考量，收錄的三十一首詩不單呈現看法，更實際在運動中發揮了影響力。值得注意的是，這些詩作大多在網路上大量轉載討論，網路空間已然成為社會運動交流資訊與意見的重要戰場。這並不是一本「詩選」：特別收錄的現場影像，兩篇對於此次運動的分析論述，運動脈絡簡潔完整的記錄，以及組裝在其中的詩歌，彼此有互為補充的一體性──作為「行動」的物質倒影。這些聲音因聚集在一起而產生了新的力量（事實上行動並不能被書或展覽固定）。「聚集」代表的狀態不容忽視。

我現在沒有時間了

XX

　陳昌遠（1983-）的第一本詩集有捨棄的勇氣。第
一，捨棄討喜的集錦作亮相，全書維持穩定的統
一，像火車，獨立車廂精良，整列運行更佳。第
二，捨棄複數的意象群組，凸顯以「工廠」為圓心
出發的意象群，作者當深知這是優勢，因此洗得特
別乾淨。《工作記事》不是關於勞動的詩集──將
作者想像為「工人詩人」、作品處理「勞動環境」
很誘人，卻是先入為主的誤讀。後記說得很明：「其
中無特別指涉行業、身分，僅以情緒作為詩集推進
的氣體。」在印刷廠搶讀第一手副刊的陳昌遠，應
該是隻「披著狼皮的羊」（無負面意味）。他的詩
手工並不偏門、倒挺正派；他的記事更接近日日面
對心靈的工作。剛體、黑大於等於白的色調、燈
（管），抒情詩慣習的取徑經過異化；兩字的詞磨
利／損成一字，凋謝是凋、等待是等、你離開太無
力因此寫「你決定走」。不上不下，卡在一半：清
水模與康固力？就在快進入「純詩」時就打住，陳
昌遠沒有拋下世界的疲勞。就這點來說，他是與
《惡意的郵差》同行了。

工作記事

粉紅色的《葬禮》絕版已久，十年彈指而過，弔亡父親的詩人也升格父親。

王志元（1943-）向讀者投遞《惡意的郵差》。詩歌如何表現？從《葬禮》到《惡意的郵差》，王志元的思考有了變化，譬喻地說，似乎是從解說員轉型為無人的展場。《惡意的郵差》有時是這樣的：收到一名匿名的「郵差」寄送的錄影帶，內容是監視錄影器對我們的尋常生活的窺視——如麥可·漢內克的《隱藏攝影機》，威脅從看不見的縫隙透冷風，「我們對生活一無所知」。有時它表情神祕難解，段落之間關聯微弱（如地下室的 WIFI 藕斷絲連），前後不必「一致」，是內心矛盾的朋友。〈當我躺下來的時候〉與數首佳作，打開故事已經發生的房間，讀者走進案發現場，撿起遺留的證物與疑點。與其說投入他人的經驗，更接近被打回自己的房間——讀村上春樹的小說也常被作者這樣「反攻」。平凡一日理所當然出現的 glitch（設備、機器的）小故障，就是「通道」。即使回到原本的世界，我們不確知它是善意的還是惡意的打開。

惡意的郵差

打破文類或可能成為自選集的趨勢？先例有許悔之詩文並陳的《不要溫馴地蹚入，那夜憂傷》，郭強生短篇復長篇、甚至涵括散文的《甜蜜與卑微》——撤去形式的收納櫃，擺放更需心思，布置得宜時又像全新的創作。凌性傑（1974-）的《你是我最艱難的信仰》就是如此，深諳斷捨離之道，留下的東西少，每一樣都實用、耐用。全書分五卷，走過愛的地景、肉身的修行——和生活相處、向世界說話。卷三多選自首部作品《解釋學的春天》，位於中央，是最遠處的折返點，那兒有一場動物狂歡節。凌性傑的詩共享清澈的句法與情思，借里查・威爾伯的句子比擬就是：「早晨的空氣被天使洗乾淨了」。而當你想念陸地的節奏時，就會注意到那些短文，以不平均律散落其間：珍珠般的綠島嶼。如果你記得帶上望遠鏡（或放大鏡？），你會發現公仔般值得賞玩的意象「就像一群狐獴排隊站好。」

你是我最艱難的信仰：凌性傑詩文選

舒曼曾說：「將光送進人們內心的黑暗中 —— 這是藝術家的職責。」吳岱穎（1976-2021）詩的內裡有著十分近似的精神，卻「必須」放在語言和虛構的後面，有隔。《造夢者》復刻詩人絕版多年的《明朗》、《冬之光》：前者遊蕩羅卡的西班牙、楊牧的花蓮，再創作〈長恨歌〉，音樂（性）是其主要推進動能；後者收錄海岸步行風的「小情書」，為朗誦競賽寫作、服貼少年鏗鏘聲腔的「發聲練習」，風格穩定、竹石般長句組成的「有病」，彷彿走在曲折、無人的思辨廊道，對於生死的詰問進入某種「悶燒狀態」：出口封閉的模型。步入《群像》時期，吳岱穎更常被注意到的是理趣、（無法）世故的表象。《造夢者》的出版，或許能讓我們重新體察這些詩作中「極端的浪漫」。「高高坐在沒有溫度的雲中堡壘」中的詩人，之所以力有未逮、若有所失，乃是因為面對世界與自己的困難，懷抱著過大的熱情。

造夢者

曹疏影（1979-）的詩是鮮艷的奇石。她的遣詞構
句有壓力，平舖直述的岩層，因而有的濃縮，有
的斷裂。前者常見於詩人時時把玩於手心的三字
詞組，後者發生在短句的切換，甚至散文詩的「強
迫黏合」。《她的小舌尖時時救我》收錄《金雪》
之後八年間的創作，以地理分輯，從香港諸行政
區，到日本與臺灣，最後抵達一座粉紅島是女兒
的小舌尖。雖然乍看有如「對線條與坡面的非情
緒化描述」，實則是把過於灼人的情感、能量與
感官經驗，收斂住，放在高處，用望遠鏡看。大
多時候，她偏好的造型是出人意表的「奇」，除
不盡零頭的「奇」，偶爾以歌謠式的節奏貫串。
兩種主題例外：處理香港時局的作品，主旨清晰、
立場明確；圍繞女兒書寫的作品，溫暖樸實，彷
彿在奇石與奇石間搭了橋爲了一種平易的旅遊，
轉折也裝了防撞的彈性圓角。

她的小舌尖時時救我

只有夏宇（1956-）讓整座城市傾斜。詩集同名長詩〈羅曼史作爲頓悟〉開門見山，引用卡巴拉註解希伯來聖經的《光輝之書》，超展開「字母自薦成爲創世樂器」的羅曼史。壓軸之作《反音樂性》，在空總「再基地：當實驗成爲態度」展出裝置以跑馬燈線性地登場。前者貫連，後者斷裂，安排上有首尾呼應平衡兩極的味道。全詩集十九首，樓中樓的《反音樂性》亦爲十九段落，十九作爲光天化日的密碼，不能不讓人聯想極富音樂性的《古詩十九首》。（夏宇作爲一組函數或一座機器，生產線不會吐出《新詩十九首》。）但夏宇的反不是直接丟垃圾桶的反，或許像把垃圾桶倒出來的反，她說：「每一刻都像你的對立面／這就像最後你睡著而你已經醒來」。儘管她有種也有種種意想天開，詩人仍熱衷關注大語言與小言語、聲音和使（一同）共鳴、攝影與壞的攝影。長篇力作的間奏曲，幾處好像自帶螢光標籤：重提逗馬宣言、特寫李清照的丈夫趙明誠、一座彷彿詩人自身之鏡因棄置而富營養化的游泳池。

羅曼史作爲頓悟

映像二

i

《羅馬風情畫》，費里尼的鏡頭隨臺車進入地下鐵的開挖現場：「羅馬的地下是難以預測的。每一百米中，我們都會遇到驚人的發現。自然，這令工作進展的遲緩⋯⋯我們只想解決交通的問題，卻都被迫做了考古學家。」這是在溫州街上寫小說的挑戰：小說家被迫都成了文史學者（還是深愛文史的人最後成全了小說？）。幸好《溫州街上有什麼》的作者沒有讓龐雜資料與互文「迷惑心性」，我們甚至可以說，這是陳柏言（1991-）截至目前最可親、舒展的作品。九篇小說可分為三類：〈小段〉的謎樣場景與同伴，似是過去風格的延伸，袁哲生的引言使之別開生面；〈文學概論〉、〈雨在芭蕉裡〉的文學史實驗，筆法不失「大膽假設、小心求證」的品味與美德；餘下諸篇可謂「溫州街計畫」的主幹道：穿梭街坊、樓居頂樓加蓋、維持與貓散步的速度。從《球型祖母》到《溫州街》的陳柏言，讓人想起從《黃色小說》到《文藝春秋》的黃崇凱：從「相信才氣」到「相信材料」的轉折。

溫州街上有什麼

ii

美男子悠一不能愛女人，老作家檜俊輔貪女人而不得，後者誘使前者作他的復仇機器，三島由紀夫（1925-1970）以這樣的起手式，演練他日式插花般優美的小說拳腳。雖然年僅二十八歲，《禁色》的作者是世故的，大不同於《假面的告白》的浪漫，以一種克己的冷靜，安排分身的「我」對話、對峙。三島由紀夫把經驗與才思，不平均分配給受造者，再使明確的臉譜（妻子、情人、同黨與敵人）與悠一對位；眾男女看似獨立的菌，土下共享菌絲體的營養——《禁色》突破《假面》在於三島住進了老人與女人的皮囊，以一種曖昧的方式和「他者」交涉。小說中有「白天的房間與黑夜的房間」：白天的衝突壓抑在生活之下，伊豆之旅就是此類偶現波光的好散文。夜晚的房間——當然不錯過男色咖啡廳與派對的氣氛營造——想像、戲劇與美學論述增殖邊際不明的團塊，如果你沒被擋在外面，就會深深跌進裡面。跌進旅館，睡醒發覺身旁的美青年已與醜老人掉包；跌進最後舞臺的深夜書房，悠一與俊輔對奕，堪比《第七封印》騎士與死神的棋局，令人戰慄。

禁色

天鵝絨窗簾裡，上演《莎樂美》的同志酒吧，作為
《獻給虛無的供物》的第一場景再適合不過：角色
扮演、觀看悲劇、對無意義的獻祭是鋪墊全書的犯
罪／音樂動機；晚期浪漫主義巔峰的理查・史特勞
斯，作品織體複雜、臨界崩潰，不也是這本「推理
小說的墓誌銘」的狀態？過多的偵探圍繞著一盒巧
克力般的「冰沼家殺人事件」進行競賽，但筆直地
找出犯人並非目標──耽溺於詭計的偵探，從愛努
人的傳說、五色不動明王、玫瑰的遺傳學規則，
造出許多發育不全的迷宮；甚至想要搶先犯人，
創造尚不存在的犯罪。為了抵抗虛無，增生過剩
的因果邏輯；從現實到非現實、犯人到被害者，
都是罪人也是替罪羊。奇詭曲折的炫技後，中井
英夫（1922-1993）小說有股非常安靜、哀痛的聲
音持續：一件件標明時間地點，戰後日本確確實
實發生的慘案；報紙上刊出紫雲丸號翻覆的照片，
波濤中如蝌蚪般掙扎的人們。「讀者，你在看什
麼？」小說最後，一個窗口的人影，伸手拉動窗
簾墜繩，拒絕被進一步窺探。

獻給虛無的供物

王鷗行（1988-）的半自傳小說處處翻弄獵人與獵物關係。看似匍匐被動的其實才是發動者；看似柔弱的帝王斑蝶有翻山越嶺的力量。書中透過「小狗」向不識字的母親寫信，重頭速寫記憶，開展一家三代美國的越裔移民故事：戰爭創傷、父系成員缺席、語言與文化上的扞格、同志身體的發現與告白。美甲沙龍與菸葉田兩種勞動場合，呈現出不同情境下身體的不自由——貧富差距、認同危機、青少年普遍的藥物成癮——如養在不超過身體大小的木盒中的小犢牛。王鷗行帶抒情凝視的文筆，令人想起約翰伯格。主角「小狗」則可比安・卡森《紅的自傳》中藏著彆扭身體的革律翁（二書的火山意象各自耀眼！）。方法上，王鷗行說：「我無法採取重情節的書寫策略，因為我想讓這些人如其所是的存在書中，充滿故事但不是『為了』故事。」。讓人倍感親切的是，當「散文」作家試圖師法小說使作品更立體時，我們或許可以將這句話理解為，小說也正從華文作者所熟悉的「散文」中學習平面的藝術。

此生，你我皆短暫燦爛

這不是關於奧斯卡·王爾德（Wilde）的小說，本書的主角也博學強記、格格不入，不過是另一種極端，從他的名字我們可以窺知一二：奧斯卡·哇塞（Wao），同時持有多明尼加裔與肥宅兩張身分牌卡，雙重的邊緣效果。也因而，小說下載了獨特而專門的詞彙庫：俚俗地方混種美國科幻宅男次文化（是的，在日本御宅族外他們自成一家）。有時像奧斯卡的體重般獲得了太多——註解三不五時就要鯨吞頁面。沒有到死還是處子的多明尼加男人！小說十分生動捕捉奧斯卡膠著於認同難題的怯懦憂鬱，使他最後展開的愛情攻勢有令人信服的反差。但朱諾·狄亞茲（1968-）的筆，高於脫魯奮鬥記，投以壟罩全書大獨裁者楚西佑之陰影，國族命運縮影於另類的史詩英雄奧斯卡。狄亞茲是多明尼加的馬奎斯，一家三代命運反覆的故事寫來口若懸河，敘述者尤尼爾表情豐富有高端鄉民的架式。馬奎斯深沉如神話，狄亞茲浮淺如漫畫——諧趣底下裏藏著需要諧趣才能說出口的恐怖。

阿宅正傳

再度進入曼布克獎決選，奇戈契·歐比奧馬
（1986-）證明自己不僅擁有動人的好嗓子，還有
穩健的耐力與方法。少數、邊緣、弱勢，如何演
奏堂皇的交響樂？小人物的悲哀上升爲悲劇——敘
述者是主人翁的「守護靈」，向鳥丘上神報告「證
詞」——祖靈眾目睽睽，每一名靈魂的遭遇平等地
放在戲劇與審判的中心。小說的第一部分交代自我
封閉、成日與禽鳥爲伍的奇諾索愛上富家女妲莉的
經過，爲了迎娶妲莉展開第二部的海外求學流浪
記，奇諾索在物是人非的第三部裡擺盪於復仇與寬
恕之間。中後段的故事雖不如第一部細膩、神采活
現，在先前鋪排的懸念下仍有可觀。活用伊博族豐
富精深的比喻與神話仍是一大優勢。「守護靈」的
敘事觀點，讓人想起《林肯在中陰》，自然地飄離
情節進展的線性空間，進出他界與他人的領域；大
量的儀式語言，將苦的悲劇裹上疏離化的糖，《阿
宅正傳》也以如此「行話的異質」回甘。

邊緣人的合奏曲

作家是那些精熟語言的巧匠，設計出能夠承載洞見的建築，如納博科夫說的，「把對的字擺到對的地方」——通常我們如此認為。散文集《另一種語言》挑戰，如果失去語言的魔法，作家還是作家嗎？如果不是語言，又是什麼定義了「作家」？印裔美國鍾芭・拉希莉（1967-）在家和父母說孟加拉母語，以英語作品獲得普立茲文學獎及曼布克獎決選，毅然決然選擇對她而言「一見鍾情」、卻「難以掌握」的義大利語寫作，甚至舉家搬到羅馬居住。如此大膽、創新的自我實驗，如今有了美麗精練成果，《另一種語言》處處可見如湖泊中悠遊小魚的句子。提案是容易的部分，但想像阿格麗希捨鋼琴赴日本鑽研三味線？這本薄薄的小書遠遠無法容納、亦不打算承載拉希莉執行的艱辛。配合作者和義大利語變動的關係，更替譬喻「橫渡湖泊」、戀愛、生小孩、「牆」、「三角型」、「鷹架」；著迷又挫折的外語學習經驗我們或許都有，但《另一種語言》靈活不失真誠的表達毫無疑問是優秀的「作家手筆」。

另一種語言

對臺灣讀者來說，威爾斯·陶爾（1973-）是個陌生的名字。但在《一切破碎，一切成灰》之後，你一定會緊緊抓住他，不放手。九篇小說吸人眼球像一座臨時遊樂園中個性各異的設施，而樂園的名字或許可以叫做「羞恥」。外遇的男人先是被趕出家門，然後被叔父拐騙去整理破爛房子，養起水族；失意的房仲用僅有財產買下山頭，邀請失和多年的手足造訪；面對處不來的繼父的百般刁難；受困於女兒的照顧，風燭殘年的他想像著對門神祕的「妓女」；被漂亮姊妹掏搶走三流男伴後，平凡的她逞強帶陌生人回家，卻撞見俗不可耐的父親。同名小說則突兀架設空中：中世紀維京人的海盜故事。對話有瑞蒙·卡佛的簡潔與脆度，行文有喬治·桑德斯的聰明創意，威爾斯·陶爾是厲害的場景設計師，讓遊客身歷奇境之餘，同行亦將盛讚其媒材靈活手藝大膽。《一切破碎，一切成灰》的洞窟歷險，宛若教堂裝飾的鍾乳間，有勾人魂魄透冷風的裂縫。

一切破碎，一切成灰

《游泳者》收錄約翰・齊佛（1912-1982）五十歲
到六十歲間的作品，是其《短篇小說自選集》的
壓卷之作。譬如書中反覆出現的「子彈公園」，
美國郊區的房子與家庭再千篇一律，齊佛總能把
作品蓋得各式各樣。當讀者參觀小說家的大小樣
品屋時，又窺見其中相似的身影：中年危機的男
主人翁、心懷不滿的悍妻、近乎實體的夢與妄想。
你以為他要說的是，戰後的生活，失去兒女與妻
子的愛，失去對事業的興趣，齊佛卻說：「所有
的失去都和他的痛苦及困惑扯不上關係。」《游
泳者》最精采的情感捕捉，在失敗者的痛苦外，
多了那股無來由的困惑。以核心主題來說，寫出
〈大教堂〉的卡佛或可與之比較；但齊佛的手法
更豐富，筆力更健。在〈形形色色不會在出現的
人事物〉、〈世界的觀想〉、〈彌尼，彌尼，提
客勒，烏法珥新〉，齊佛充分展示其獨到美感與
組裝能力如何駕馭奔馳的靈感。讀者也一定願意，
不斷重溫書中那些第一人稱敘述者所擅之「優雅
的雄辯」。

游泳者

〈法蘭妮〉呈現一對的學生情侶的午餐對話，男方故作姿態，挑剔課業與人際關係，女方（也就是法蘭妮）則壓抑反駁的慾望，為維持「完美典型」費力。直到進入〈卓依〉，小說家才揭開背景：原來格拉斯家的法蘭妮與其他六個兄弟姊妹，曾是兒童益智節目《聰明寶貝》的寵兒。從膚淺滑入反膚淺，法蘭妮的哥哥卓依，遇到對盤的人就口若懸河，不對盤就「坐在那裡如死神本人」；小說因為這樣的對比快速轉彎。在沙林傑（1919-2010）分毫不差地裁切下，美國菁英家庭的孩子，「優越」得令人難以忍受（葉綠尼克在《美妙時光》提供了另一種中產階級的歐洲版本）。《法蘭妮與卓依》的人物處於各自的焦慮，想從溝通得到化解，卻不斷被模式、慣性與說話本身困住。沙林傑同貝克特，擁有最傑出的語言長才，充分運用饒舌與沉默，甚至單一對白的細緻變速，創造豐富意涵與構造。而沙林傑的聲音並不荒蕪，在機智的挖苦背後，是更深的愛與理解；他用餘光留意，以備在快要掉下去時，及時抓住焦慮者們。

法蘭妮與卓依

翻譯是會過時的——語言如蛇，一季一蛻，為追求
（跨語言、跨時代）相應的溝通力與服貼感，優
質的重譯是為原作去角質。然而也有值得逆向操
作的情況：品味「年代差」在行文選詞上形成的
異質口感，欣賞卓然成家的翻譯家「風格」。在
各種〈老人與海〉中，余譯一馬當先，是最早的
中文譯本。海明威（1899-1961）的故事，描述一
名古巴老漁夫在海上與馬林魚拚搏，刺獲的大魚
卻遭鯊魚搶劫，到港時僅剩殘骸。原文用字造句
簡單，翻譯卻不易到位，余比擬「如陶潛的詩也
不好翻」，修訂時改動千餘處。梅爾維爾（1819-
1891）中篇名作〈錄事巴托比〉，以華爾街一名
老律師之眼，側寫古怪的新雇員巴托比：謄寫法
律文件的業務上，他盡責穩重，卻溫和堅定拒絕
任何抄錄以外的工作……。巴托比鮮明的人物設
定，讓後世哲學家們「大做文章」：阿岡本將之
與潛能（potentiality）連結，紀傑克則在「佔領華
爾街」運動時，多次引述巴托比著名的句子「我
寧可不做」（I would prefer not to）。余光中譯本
精瘦疏朗，耐咀嚼。

錄事巴托比／老人與海

「人類竟然如此美麗！哦美麗的新世界，裡面住著這樣的人類！」引用莎士比亞《暴風雨》的對白作爲書名，是頗具深意的選擇，反烏托邦小說《美麗新世界》關鍵的轉折即在於，隔離的新世界與舊世界的接觸。阿道斯・赫胥黎（1894-1963）想像的未來，人類以生產 T 型車的福特爲尊，進行嚴格的生育計畫，試管受孕取代家庭，出生前即劃分階級，透過一系列的制約改造，讓各階級的人相信自己正處於最幸福的階級。出身最高階級的伯納德心中懷有掙扎：什麼都「可以」時其實就出現了等量的「不可以」。帶著困惑，伯納德跨越邊界，來到舊世界的「野人保護區」。伯納德的出現，促使嚮往「世界國」的野人約翰，跨越至代表「文明」的另一邊。如彌爾頓的《失樂園》，赫胥黎以科學想像獨特地檢視了「伊甸園的問題」。回望上個世紀完成的《美麗新世界》，預言已出現某些「技術上」的過時。關於這點，譯者唐澄暐說得十分迷人：既舊且新的小說，通往的是「一個從那時開始便與現實平行的未來」。

美麗新世界

班的誕生使模範的洛瓦一家出現裂痕，他不尋常的外貌與「動物性」引發家人的恐懼與憎惡。《第五個孩子》透過母親海莉的視角認識班——擺盪在血親之愛與對「它」者的排拒之間（嬰兒與動物在英文代名詞都屬非人格的 it）。續集《班，無處安放》是下一層的推演：班長大了，班與更廣大的社會碰撞。這一次，敘事頻繁進入班的主觀感受，比起《第五個孩子》中那令人摸不透的「怪胎」，讀者更能直接地「同情」本書的班；感其所感是溝通重要的基礎。害怕時，班每每不自覺露出笑容——呈現此類內與外的落差，是將班由「物」轉「人」的關鍵。多麗絲・萊辛（1919-2013）說故事有教科書級的明快與有效，讓讀者在抽離地思考科學、身分、階級如何限制、甚至控制人性之時，發現自己也是或多或少的班——誰不曾是某個境遇下的局外人？《班，無處安放》告訴我們，會有那麼一顆蠶豆，旁人視若無睹，對你卻有攸關存活的影響。

班，無處安放

失明的貝類專家退休後行走於肯亞的海灘，他在
淺水蹲下，手指在細沙中摸索。短篇小說家都是
拾貝人。閱讀失明的作者彷彿進入幽暗的隧道，
如蚯蚓鑽行複雜的迷宮，自身就是一條不知首尾
的線，這類的作者可能是卡夫卡或舒茲；閱讀眼
睛雪亮的作者彷彿浮潛，透明的海水使珊瑚、海
綿、鰻、小丑魚的運動及交互作用清晰可見，像
一架自動運作的鐘，安東尼·杜爾（1973-）的技
術應該更接近後者。《拾貝人》的八篇短篇故事
有如電影分鏡腳本，敘事節奏與畫面都是精密的
規劃。主人翁特殊的身分宛若一聽就難忘的音樂
動機，除了拾貝人，還有變成詩人的魔術師助手，
化石專家，迷上飛釣的少女　他們大多孤獨，
陷入無法溝通的困局。此時自然聆聽他們的狀態，
他們聆聽自然的信號：夢中的狼群，擱淺的抹香
鯨，終於釣起又放走的鱸魚。杜爾將小說放進雪
地、海灘或荒原，讓天氣、動物走進生命中無法
承受的「奇蹟」。

拾貝人

每當說到 J 開頭的字，就要伸出將兩根手指豎在
嘴巴前。霍華‧傑可布森（1942-）為《消失的字
母 J》打造了此一難以抹滅的視覺形象。在近未來
一處偏僻小鎮，人們對過去諱莫如深，姓氏被重新
分配，不建議欣賞華格納音樂與現代藝術、持有
書籍。巨變餘波尚存，關鍵的「那件事」卻以「可
能或可能沒發生過」的模糊狀態擱置。進家門前會
從信箱窺伺的凱文，受不明人士「安排」，與永遠
感覺後有追兵的艾琳相遇，故事從此開展——彆扭
的戀愛發生在陰影重重的小鎮，喜劇的手電筒剝開
黑暗的層次。《消失的字母 J》具備洛伊‧安德森
簡潔的畫面，艾希克‧維雅平衡的結構，以及馮內
果的挑釁。傑可布森成功地進出轉型正義的正反
面，來回於猶太人（Jew）、正義（justice）與玩笑
（jest），探問厭惡與鬥爭的起源，並透過狼與狼
蛛的寓言點出「失去敵人轉而反噬自己的危機」。

消失的字母 J

愛爾蘭小說大師柯姆‧托賓（1955-）推出他第九本長篇小說《阿垂阿斯家族》並不打算重複自己。如征服沙漠、極地迥異地型的超馬選手，托賓這次的選擇很有挑戰性：改寫希臘悲劇。並與尤格‧藍西莫前一年火紅的《聖鹿之死》不約而同，挑中父親為了平息女神盛怒獻祭女兒的典故。《聖鹿》取原作為鉛筆底稿，其上大膽拼貼當代材質；托賓細膩修復戲劇沒有表現的「心理描寫空白」，擴延畫面至未曾發展的人物情節，遙遙回應 ISIS 恐攻與北愛爾蘭共和軍問題。七部悲劇的規模，重劃為長短懸殊的六章，（大致）延時間軸、不重複情節地剪接母后（及其鬼魂）、公主和王子的角度；王子章節占全書主要篇幅，採全知觀點，異於女性主角章節的第一人稱敘述──前者表現疏淡若宣敘調，後者如詠嘆調富張力。書中成就最高的當屬開篇〈克呂泰涅斯特拉〉，讀來令人不敢呼吸，想像與素材調讀緊密貼合，如《馬利亞的泣訴》最好的段落，奇異而理所當然，「劃過喉嚨，悄然無聲，就像太陽在天空中移動一樣，不過刀子移動得比較快，比較劇烈。」

阿垂阿斯家族

「周五深夜，A 城（G 區）一名五十一歲的家庭主婦服用過量的安眠藥自殺。」《夢外之悲》以這樣一則新聞開始。敘事者登場，紀錄片旁白般不慍不火，自殺的是他母親，他用書寫重讀了一次她的人生。線條非常簡單 —— 有時是素描母親的特殊時刻、個性，有時又是大筆勾勒二戰奧地利鄉村，一名貧窮女子最普遍的境遇。敘述者「從整體社會的語言基礎，而非從事實出發，從我母親的人生當中，整理出這些已然預定的事件。」無論是公共的傳記文字或私人的追憶，彼得・漢德克（1942-）皆克制地走在乾燥的路面，不讓情緒與想像暈染，甚至故意捨棄文學性的靈光，評論語調介於不動聲色與些微諷刺間。不由自主地抒發容易、「自然」，漢德克對它的真實性抱持懷疑；然而書寫的慾望卻不斷湧現，小說如一具壓力不對等的水閥。矛盾、困惑、游移，接近尾聲時，已是一盤碰碎的糕。

夢外之悲

出版長篇《蛛巢小徑》的同時，卡爾維諾（1923-1985）在報刊上發表短篇小說，試驗多樣主題與手法，《最後來的是烏鴉》結集時他二十六歲，卻已經掌握了完整的技術。天生歌喉美好者眾，控制力與創作自覺卻往往仰賴經驗累積，卡爾維諾卻能穩健地造出許多（表達妥貼、不以個人經驗出發）立體的他人與他方，展現出驚人的早熟。書中的童年與少年和大自然密不可分，神祕美麗像以油畫捕捉神衹；寫戰爭的鄉村，一座座小山丘般連綿的故事，占全書過半的幅員，不說教也不煽情；寫荒謬的戰爭邊緣地帶、寫小人物的心理歷程；趣味的小品呼應《困難的愛故事集》，是卡爾維諾的拿手好戲，將小事如魔術方塊把玩，翻出看不到的組合與面，操作的手指又是輕巧的。我們喜歡卡爾維諾，因為儘管技巧純熟，他矛盾地清澈，眼前的世界新奇無比，他就像科技高度發展，卻熱衷學習地球所有細節的外星人。透過他，我們歷經地球生活同時安全離地三十公分。

最後來的是烏鴉

二十出頭的馬塞爾‧普魯斯特（1871-1922）還不知
道自己將成為二十世紀最傑出的文體發明者，在布
隆森林散步時，遇見了英國的威利‧希斯，如范‧
岱克畫中人物的少年深深吸引著他。《歡樂時光》
是作家送給早逝友人的「永久紀念」。〈席凡尼子
爵之死〉臨摹托爾斯泰〈伊凡‧伊里奇之死〉，刻
劃將死之人與周遭親友微妙的關係轉變，知情的小
男孩與重病舅舅互動的尷尬、悲傷旋即又健忘的心
理格外傳神。〈布羅伊夫人的憂鬱夏天〉敘述一場
沒有前兆與理由的狂戀，女主角如中了靈藥而愛上
驢子的仙后，心焦難耐。預示了《追憶似水年華》
斯萬與奧黛特之間妒意牽引的雙人舞，男主角臨
終的頓悟（epiphany）是〈妒意的終結〉的高潮：
「她以另一種不同的形式出現，像一片雲，不斷膨
脹，不斷膨脹，到最後膨脹到幾乎要壟罩整個世
界　　這個無以名狀的東西重重地壓在他身上，
他終於了解，這就是他的愛。」《歡樂時光》章
法凌亂卻才氣縱橫，讓人想起三島由紀夫在〈繁
花盛開的森林〉中的表現。

歡樂時光

如果可以選擇，你願意嗎 —— 為一部作品出讓人生？如法布爾筆下被泥蜂活活犧牲的毛蟲，「寫作者把自己變成他自己寫作的犧牲品」，這是描述患哮喘病、蝸居著書的普魯斯特。《追憶似水年華》對多數人也許是太沉重的槓鈴，亨利・哈齊默（1948-）的《親愛的馬塞爾今晚離開我們了》，捕捉大師生命最後數月的生活，提供讀者親密而相對放鬆的視角：密不透風、日夜蒸薰藥方的黯淡房間，我們站在長年服侍馬塞爾（普魯斯特）的塞萊斯特身旁，而病人正絮絮叨叨；《追憶》很小很小，只是室內一部永遠「正在完成」的書。本書穿插真實材料（甚至羅列當時名流的電話號碼！）與虛構場景（主僕之間的互動流露深厚情誼），低調而真切。它有一架謙卑的小望遠鏡，鏡筒送來《追憶》魔術般的時光與曾在的人物，但同時我們並不身處星空，它提醒我們星空外的房間，或者《追憶》以外的普魯斯特。

親愛的馬塞爾今晚離開我們了

在激進派企圖掌控核電廠，以大災難促使人進行
全面性懺悔的時刻，作爲宗教團體的領導人，「師
傅」與「嚮導」透過電視，滑稽輕浮地進行了
「空翻」：聲稱教義全是胡亂捏造的。大江健三郎
（1935-）磚頭厚的小說，即從多年後「師傅」欲東
山再起重建教會說起。史蒂文・波爾曾評論：「讀
完《空翻》的人會確信，埋藏在蔓延的文字下的是
一部精采絕倫、但短得多的小說。」的確此書成敗
皆在「重複」──若從《讀書人：讀書講義》了解
大江如何進行閱讀，就不意外小說家將一再回顧、
闡釋、修正「空翻」一事作爲創作核心；「有差異
的重複」是大江的文學方法。讀者隨「師傅」咀
嚼 R.S. 托馬斯的詩，數度旁聽不同角色辯證《約拿
書》，從知識的數度槌擊，細細調校心中「神的聲
音」。沉靜的研究姿態如深水，銳化了幾次批判的
突襲：當記者提出奧姆眞理教的沙林毒氣事件相比
較；當小說人物將「空翻」與戰敗「玉音放送」的
回憶連結起來。

空翻

祕密會議上，二十四位企業鉅子成為希特勒的贊助人，它們是西門子、寶馬、拜耳，將籌碼推向納粹德國，直到二戰結束逾七十年的今天，「企業仍是永遠不會消失的神祕物體」。《2月20日的祕密會議》就此展開，朝向德奧合併開始倒數計時，猶如歷史板塊隆隆有聲地迫近。這本以敘事（récit）體裁跌破眾人眼鏡贏得龔固爾文學獎的作品，麻雀雖小僅一百五十頁，卻能不費力地來回於許士尼希的辦公室、張伯倫的飯廳、紐倫堡大審、維也納歡欣鼓舞的街道，調度簡潔有臨場感，好比蘇古諾夫的《創世紀》——甚至更引人入勝，艾希克・維雅（1968-）的諷刺風格與生動譬喻，無疑弔詭地使緊湊的分秒從容優美。儘管火力四射，強調「不虛構」的作者穩穩地拉好風箏線，劇情、對話、場景皆本於真實人物的記憶與檔案紀錄。從一張裁切前後的許士尼希相片引發的兩種印象、宣傳部部長戈培爾影像外實為坦克塞車的「閃電戰」可看出，維亞也處理「歷史」的虛構問題。這點和《戰爭與和平》的作者異曲同工：拆解神格化、歷史化因而平板的人物，拿破崙、庫圖佐夫因而能夠以疏異而可觸的樣貌浮於紙上。

2月20日的祕密會議

讀罷維亞的《2月20日的祕密會議》，可以接上
奧立維・侯蘭（1947-）的《古拉格氣象學家》。
一九三八年，坦克開進維也納，「德奧合併」，當
市民歡騰迎接納粹士兵的同時，許多猶太人紛紛
自殺；前一年，一千六百一十六名犯人上船前往凱
姆，消失在如今稱爲「大恐怖」的血腥夜色中。兩
本「調查：敘述」（借舞鶴的篇名）——在資料爬
梳與實際訪問外，以「敘述進行調查」——重訪事
件是一種深度，喚醒鬼魂是另一種。《古拉格氣象
學家》的第一、三、四部從外部處理事件：氣象學
家范根格安姆遭逮捕、六十年後才揭露的「兩次死
亡」、作者現身說明關注「俄羅斯」的理由——爲
書中最有力的筆法。第二部長篇引述范根格安姆在
勞改營中寫給女兒的信，作者近乎消失，敘述多少
失去調查的魅力；讀者不妨對照附錄的原信圖文填
補血肉。沒有人知道何時黨國的希望與理想在氣象
學家的心中破滅。作者並置的諷刺令人心碎，除了
女兒，范根格安姆勤勤寫信的對象還有一人——那
收信人是史達林。

古拉格氣象學家

映像三

i

「音樂反映社會的構成，經由它可以聽到構成社會的各種震動與符號。」賈克・阿達利在《噪音：音樂的政治經濟學》中如是說。繼閱讀與電影後，廖偉棠（1975-）的《異托邦指南》來到第三卷。全書兵分兩路：第一部〈詩人行走夜半〉頗有「何時一樽酒，重與細論文」之風，追憶港臺重量級詩人，細讀杜甫、奧登、蓋瑞・施耐德，回應「古典」到「網路」之間詩歌的「認同問題」──但丁在靈簿遇見荷馬、賀拉斯、奧維德不是偶然，詩人選擇詩人時，透露的是自身的座標；第二部〈過於喧囂的孤獨〉以民謠與搖滾播放最多，巴布・狄倫、周雲蓬與許許多多香港音樂人的聲音──即使在不同年代發出，他們不做昨日的雲、明日的海洋，而是打在傘上會響、打在身上會痛的暴雨。音樂與詩確實反映現實，甚至反抗現實。廖偉棠外冷內熱的敘述中，也能聽出一種，巴布・狄倫故意在演唱會將成名作唱跑調的「抗世」姿態。

異托邦指南／詩與歌卷：暴雨反對

《論傑作》在眾多討論閱讀、開列書單的著作中獨樹一格，在於作者庖丁解牛地運用「傑作」切入。定義模稜兩可的龐大，入口極其窄小，抽象又具體——傑作的多面體，讓走筆輕巧的夏爾・丹齊格（1961-）翻弄於股掌之間。《論傑作》由珠玉般的短文組成，如其形式所暗示，可以說和哈洛・布魯姆《西方正典》的一錘定音是截然不同的方法，無論從字源、意識形態、創作過程、市場、讀者、典範的轉移，作者在每個觀景臺上絕不戀棧，以「快速跳接」取代「一鏡到底」；傑作無疑具有流動的特性。旁徵博引的功夫外，丹齊格也有極其主觀的閱讀品味與說話方式，讓人想起雷蒙・格諾與喬治・培瑞克的幽默與口語使用的自由。這段形容普魯斯特的話，穿在丹齊格自己身上也合身：「唉！多麼狡猾、機靈、可愛。這個喬登斯的孩子，法蘭德斯畫家喬登斯。粗俗、戲謔，但到最後又充滿深情。」

論傑作

在薩丁尼亞一個碧翠的花園裡，史蒂芬·葛林布萊（1943-）對即將來臨的選舉結果越來越焦慮，他問朋友：我能做些什麼？「你能寫些什麼。」——於是我們獲得《暴君：莎士比亞論政治》。別誤會，莎士比亞沒有上什麼政論節目：他說的不會比劇中人的臺詞更多。這本「文學評論」主要處理兩個部分。第一，戲裡戲外，暴君在骨子裡千篇一律。葛林布萊自外在環境與觸媒談到內在特徵及變化進程，層層歸納、分析，利用《馬克白》、《李爾王》、《理查三世》勾勒出「一個暴君的誕生」。第二，說明莎士比亞採取迂迴方法的歷史背景：「採取斜角並不只是出於謹慎，在虛構與歷史的距離下，他最能夠不加扭曲地占有真理。」而此書正是如此暗度陳倉，讓四百年前的莎翁代言，為國家未來的走向提出警告。

暴君：莎士比亞論政治

作為頂尖的人文學者，史蒂芬‧葛林布萊（1943-）論述西方文化的核心問題時大有能力造出難消化的複雜團塊，但他深諳敘事和結構隱含的力量與魅力，就像以《失樂園》使亞當與夏娃栩栩如生的密爾頓，對文字的濃度有卓越的平衡感。葛林布萊以禁令開頭：小時候父母親告訴他，進行祝福禱告時，必須低下頭，緊閉眼睛，每逢此時上帝會經過人們頭上，沒人可以看見上帝還活著。收結於參與「基巴萊黑猩猩方案」的側記：目睹猩猩於樹冠慵懶穿梭，葛林布萊瞥見「園中各樣樹上的果子，你可以隨意吃」的場景，他因而將聯想延伸，通過演化，失去了巨大肌力與犬齒，獲得了火與語言，就是從樹頂「墮落」到地上之後的不得不然了。《亞當與夏娃的興衰》將正模標本、泥板聖典收納，傾聽奧古斯丁的焦慮，伏爾泰的諷刺，走過美術史的周折，讓「第一個人」在虛實的密林間展開絢爛變形記。

亞當與夏娃的興衰

「神在天上，母親，妳生活在這個國家，可是妳沒有尊嚴氣派，沒有，沒有。妳生活在綠色的田野裡，妳種花，妳呼吸新鮮空氣，但是妳沒有尊嚴氣派。」段義孚（1930-）引用威斯克的《根》說明浪漫主義。中間的、穩定的幸福有什麼匱乏，使人類不斷傾向挑戰極端？親臨崇峻高山、險絕深谷，分不清是美抑或恐懼從心中竄起，這種感覺被稱為 sublime，藏在柯勒律治的海、《佛蘭肯斯坦》的冰原——這是西方文學的浪漫主義。這本書是一次冒險，不走系統性盤點地理知識的坦途，而是追問，開拓這些知識的探索慾望，回到「地理學還浪漫的時候」。地理學在此並不是人類為環境留下的客觀紀錄，如機械儀器所能做的。浪漫主義之下，人有意義非凡的精神價值，段義孚凸顯了這個面向，如密爾頓凸顯了明知將失敗仍進行反抗的撒旦。

浪漫主義地理學

自從奧希茲女男爵（Emma Orczy）的《角落裡的老人》，偵探都舒服地坐進搖椅推理；當馬林諾夫斯基（1884-1942）提倡「參與調查法」走入田野後，人類學家都從搖椅站起來了。在西南太平洋的巴布亞紐幾內亞和初步蘭島進行田野調查期間，馬林諾夫斯基收集好足夠的養分寫作《南海舡人》——其研究成果三年後會出現於牟斯的《禮物》，成為交換理論的經典案例——也留下一本日記，如《南海舡人》的幕後紀錄，呈現知識殿堂外，學者身為平凡人的挫折、慾望與偏見——當然還有無可遁逃、流逝的時間。它被標舉為「嚴格意義上的日記」，是由於「不公開的日記」作為此文體最純粹樣貌，便假定「書寫—閱讀」的關係對外界閉鎖，內部則彼此輪替；作者即讀者。我們無法責難作者在亮面的論著與暗面的日記有不一致的標準，更不該預設私密的內容對馬氏的「真實面貌」具更高的權威；事實上，日記也可能被當作祕密的樹洞、垃圾桶與拳擊沙包。我們對於他人如何對待「分裂的自己」幾乎一無所知。

寂寞田野：一本嚴格意義上的日記

西班牙殖民統治權威崩潰後，解放出新國家同時，也解放出眾多洪水猛獸，拉丁美洲儼然淪為獨裁者的瘋狂動物園。烏拉圭大作家愛德華多‧加萊亞諾（1940-2015）流亡多國包括阿根廷、瓜地馬拉，暗殺、威嚇、逮捕、失蹤天天在身邊發生，依憑記者犀利之筆與細膩記憶寫出的《愛與戰爭的日日夜夜》，處處填滿名字，處處缺席，無法應答。它破碎的札記形式難以歸類。它是群體的故事，也是私人生命史最脆弱的章節；倖存者身上背負的多名幽靈，時時要求他留下見證。在不自由的國家，政治的暴力是不可能迴避的——但在普遍的陰影下，作家也記錄了美麗、勇敢，生命的愛的光線自烏雲縫隙閃現，就像「和上帝聊天然後又失去祂」。若說朱諾‧狄亞茲寫多明尼加的《阿宅正傳》有後現代的遙控感，如電腦繪圖；加萊亞諾用的就是短匕首，一刀一刀刻出，握在手裡餘溫久久不散的木雕。

愛與戰爭的日日夜夜

「在海量的科學成果中探索是發人深省的體驗。除了已經完成的研究之外，大量涉及內容廣泛且極富前瞻性的研究對科學發展的推動力勢不可擋。」形容萊布尼茲的這句話，放在米榭‧塞荷（1930-2019）身上仍十分貼切。當存在主義、馬克思主義、精神分析席捲法國知識界，塞荷的關心卻大異其趣，著眼於現在進行式的科學與當代社會發展。他意欲如康德、亞里斯多德處處涉足，環遊知識世界；他行文如蒙田、伏爾泰，有文學的筆法。本書以對話錄形式提綱挈領，不吝於問清楚、講明白（對於哲學，我們常常國王的新衣，明明不懂卻不敢舉手發問！）。由「泛托普」、「博學第三者」、「拇指姑娘」等，遊走於歷年作品的原創「角色」規劃章節，搭配角色的身分資料卡，與作者生平、歷史事件與「大敘述事件」的對照表，讀者能如「荷米斯」於資訊間敏捷嬉遊。塞荷說：「思考即是預先掌握」。入門或統整，欲把握塞荷富饒思想的讀者有福了。

米榭‧塞荷的泛托邦

比起《情色論》，巴塔耶的小說《眼睛的故事》更加情色論，它扭轉欲望凸起與凹下的地方，勝過論述剝去層層衣服；尚・布希亞（1929-2007）的《美國》異曲同工，萬花筒式的書寫，新大陸、舊大陸在手裡輕輕一搖就並行、且超速，「擬像、超真實」的霓虹殘影，遠比名詞解釋更容易把握。《美國》分六篇章，開始與結束在「拒絕觀光、賞景」的無目的沙漠旅行。全書呈沙丘型。緊接在垂直發展（已預先過時）的紐約後，是五光十色的〈星星的美國〉：水平鋪開的洛杉磯在最飽滿的中央。什麼是美國？——回答問題，「美國」就被建造一次；布希亞說，美國其實是一座立體全像圖。布希亞（頗帶抒情色彩）為讀者輪番解說霹靂舞、節食、高速公路、微波爐……將它們變成某種液態、眩目、危險的投影。《美國》將它異形的觸手伸出去，另一端和它握手的，或許是德里羅的《最終點》與《大都會》、品瓊的《萬有引力之虹》？

美國

X

「當我說『我是太陽』時，我完全勃起。」喬治·
巴塔耶（1897-1962）寫下這行讓人無法直視的句
子。上承尼采，後啓傅柯，作爲二十世紀最具影響
力的理論家，巴塔耶絕大多數的作品，不是匿名出
版，就是僅在朋友之間流通。朱嘉漢（1983-）小
開本的導讀書《夜讀巴塔耶》也頗有私塾的味道。
書的肚腹，出於逗點學校開設之同名講座的講稿結
集，按巴塔耶的假名與敘述者「我」、文學論、情
色論、越界，分爲四種主題。書的頭，關鍵字的爬
梳與巴塔耶小傳——看似「資料整理」的工作，最
顯見朱作爲小說家選材、鋪陳的功力；在易吸收的
前提下，仍有過山車似的峰迴路轉。〈太陽肛門〉
等破碎難解的巴塔耶短篇章選編，安排在書的屁
股。離開朱嘉漢的觀測站，踏進劇烈運動、又戛然
而止的惡地形：巴塔耶是耶蘇維火山。他說：「動
詞『是』乃情慾之狂亂的載體。」

夜讀巴塔耶

想像力的文法乍看是矛盾語。想像，不該像大自然綿延蔓生，飛鳥般自由？萬物如何關進元素周期表的籠子？「是的，我們能夠」。羅大里（1920-1980）不像煉金術師故弄玄虛，簡白輕鬆地談論創意的邏輯、章法、規則。羅大里顯然偏愛實作甚於理論課（他當過小學老師、記者、編輯），四十餘則短文一則一個妙法，從字音、聯想、錯誤、說故事與猜謎出發，提出有趣味十足的例子與有效的練習。與其說《想像力的文法》是本「照著做」的食譜（而你的確可以純粹享受作者的異想才思），不如說是《怪獸與他們的產地》：主動埋伏靈感怪獸，知道對付牠們的方法。書裡，羅大里講了列寧外公的故事。體貼有智慧的外公替不愛從大門愛從窗戶進出的孫子，在窗下放了張椅子。或許可以這麼說，羅大里也替孩子們放了許多別出心裁的椅子。

想像力的文法

「設計師是現今的藝術家，並非因為他是天才，而是因為他能夠重新連結藝術與大眾。」布魯諾・莫那利（1907-1998）這話是真知灼見——自二十世紀後半大眾文化崛起、全球化無所不在，討論「連結藝術與大眾」已不再只是「應用與純藝術」和享有藝術的「階級」問題；同理，代表當代的音樂，是流行音樂、電影音樂——披頭四、瑪丹娜、漢斯季默將被時代記住。創造〈無用機器〉、想像力超群的莫那利，在《設計作為藝術》中崇尚直觀、平衡、功能性，看似矛盾，其實不然——層次豐富，不代表鬆散、洛可可風；莫那利的精華是邏輯性。本書可視為一連串知性、娛樂性並駕齊驅的閒談，從「何謂設計／師」出發，輻射至視覺、平面、工業設計，最後進入對基本設計語言的研析。非常莫那利的是，這本「工具書」有篇非常抒情的「附錄」：前往一座水磨的兒時回憶。

設計做為藝術

假設夢想製造飛行器的達文西，有天在沙漠中遇
見小王子，大概就會邊寫邊畫出《莫那利的機器》
作爲禮物吧。作者布魯諾‧莫那利（1907-1998）
是魅力四射的推銷員，一早按了門鈴，向我們介
紹十三部極不實用的美好機器。翻開型錄，從「訓
練鬧鐘的機器」展開每朝生活，莫那利擅長設計偶
然，將所有千萬分之一的驅動可能，串成步驟的項
鍊——非常可疑，但蘊藏的想像力之可口、天馬行
空之可愛，讓人買帳非常可以。不是有效針對疑
難，哆啦 A 夢的道具；與燦坤展售的規矩家電天
差地遠。它們如此有機，更接近寵物店裡自成小宇
宙的生態箱。世故的買家可能會升起防衛心：難道
是乍看有趣卻自我重複的遊樂？抑或隨機聯想的集
錦？——莫那利知道你在想什麼，因此每次推進，
都準備了詩意十足的敘事把戲。仍不感興趣嗎？好
的，沒問題。祝您有美好的一天。對了，我們還有
「火車離站時的揮手帕機器」。

莫那利的機器

《莫那利的機器》圖文比例一比一，鮮奶、咖啡，文字鮮奶以創意與奇妙語感裹覆圖像，換句話說，多數人以「說明書決定怎麼使用機器」。《暗夜中》則是徹頭徹尾的黑咖啡。執行著「無字天書」（libri illeggibili）計畫的布魯諾‧莫那利（1907-1998），刻意限縮文字的體重，它們跑過書的邊角匆匆如龍套演員。書分三個部分：暗夜不可及的光源，白日的草叢，不知日夜的洞穴。探險的欲望、看看前面是什麼——我們或許可以說，「後來呢？」或「快翻下一頁！」是《暗夜中》之心。黑卡紙、描圖紙、美術紙讓三個主舞臺可觸可感；打洞、插頁、軋型一旦出動，即刻對書的格式展開破壞它們搗蛋，我們吃糖。作者轉場功夫高強：發現光源真實身分的同時天大亮、黑石如屏風隔開地上與地下，離開洞穴發現日子已偷偷換頁。對了，別忘記讀作者簡介，莫那利推測簡介令您們都提不起興趣因此乾脆令使簡介好玩一點。

暗夜中

「辛波絲卡的詩探索個人的處境,但它們經過有效
地推廣、概括,因此她能夠避免自白式的寫作。」
米沃什寫道。或許這也是爲什麼,儘管我們喜愛辛
波絲卡的生活感與機智,產生「我們和她很熟」的
親密錯覺,當她的人生經歷在眼前鋪展,可能感
到某種「跌回現實時空」的落差。愛麗絲‧米蘭尼
(1986-)的圖像小說令人驚異的是,它選擇了生
平而非詩歌——作者大可利用其柔軟抒情的畫風,
行走在粉藍與粉紅的雲彩上;然而米蘭尼大篇幅處
理波蘭共產主義統治下的氛圍,直視詩人政治認同
的轉折。她將「辛波絲卡喜歡做拼貼畫」一事,充
分結合進創作手法:局部的虛構、編輯過的時序、
(不特別標註的)詩歌引用、手繪與剪貼的合作,
以及先前提到的落差。如果辛波絲卡的詩是咖啡,
譬喻地說,這本小傳將濾紙與上方的咖啡渣也納入
眼簾——即使如此,它仍把守著諧和的感受,甚至
偷加了一匙糖。

辛波絲卡‧拼貼人生

二〇一七年，川普當選美國總統，其性別歧視言論，與上任後重啓的嚴格墮胎禁令，引發女權團體強烈抗議，瑪格麗特・愛特伍（1939-）探討父權體制的反烏托邦小說《使女的故事》，重登亞馬遜網路書店的暢銷排行榜。小說循著使女奧芙弗雷德（Offred，弗雷德家的）的聲音，揭開基列共和國掌權後的巨變：女性首先被剝奪財產權，階級以顏色鮮明的服飾標識，人類生育率因汙染大幅降低，派遣「使女」專門爲大主教們產下子嗣。基督教基本教義派的極端政府，脅強大武力、酷刑與儀式化的規範，監控身體與思想；當「過去」不復記憶，人們將逐漸視之慣常。早在影集播映前，芮妮・諾特已開始著手《使女的故事》圖像小說的改編。她所剪接的愛特伍，保有靈活的語言，減緩了閱讀深邃了畫面。特寫心理空間筆法與漫畫的空間布局相輔相成。柔軟線條如織物，顏色波動其中，芮妮・諾特的視覺無疑在細節創造與情緒渲染上，達到勾魂攝魄的效果。《使女》生猛如虎，如今添了翼。

使女的故事（圖像版）

阿嬷口中的 Mapatayay no wawa 指的是「孩子的死者」，從小說漢語的敘述者將這段記憶模糊的話，誤會爲「死者的孩子」。偕志語（1989-）的這本圖像小說，場景無預警水汽氤氳、出沒野狗——順序是不穩定的。父親的過世是了解父親的開始：打開一間海邊荒棄的屋子，沖洗記憶的畫面，蒐集家人對父親的描述。抽象地說，敘述者一次次把自己的腳放進父親的腳印中。一闖入「據說」的霧裡，父親的形象益發模糊，各方經驗也開始混淆，無論是和大伯潛水捕龍蝦，軍營內的蟾蜍王遊戲，或爺爺的葬禮，家族的男性成員彷彿困鎖在灰色空間裡，重複著彼此不分先後。在逃離基督信仰與部落的父親，與長大後才重新面對原住民身分的敘述者之間，「是回還是去」綁成潛在的紐帶。尋找缺席的父親是將自己放入的第一步。《死者的孩子》的難得品質，不止於創造魔幻的港鎮與夢境般的調度，更在於作者在身份認同的大議題前，按部就班的務實傾向。

MAPATAYAY NO WAWA 死者的孩子

一臺風景區常見的破抽籤機，名曰「閃亮人生」，投十元，櫃中仙女就順著軌道，搖晃進去替你取籤：上頭印有倪瑞宏提供的人生指南與超展開示意圖。仙女飄飄何處聞？詹記麻辣火鍋店。單看那仙女新書座談，辦在這重口味、重臺味的非典型藝文空間，便能略知倪瑞宏（1990-）其人其作之奇香奇美。《仙女日常奇緣》既是藝術家自傳，也是仙女養成的教戰手冊。如何成為仙女？讓鹿耳門天后宮選拔、正港仙的倪瑞宏（證書為證）告訴你。仙女住在哪裡？請洽〈蓬萊仙山辦事處〉，或留意臺式壞品味的「垃圾」，倪瑞宏常常將她們畫在包裝盒背面。我們當然還看見，更多平凡女孩們想上青天，有地方政府的農特產公主，有選美佳麗，還有登入交友軟體為尋夢中人的姊姊妹妹。當繆思男友離她而去，小女子茫茫然加入酒店小姐與伴遊女郎的行列，倪瑞宏方領悟：仙女就是被美化的鬼魂，是小廟中孤苦且身分不明的女子。《令人討厭的松子》、《幽魂訥訥》與倪瑞宏，歪七扭八中見真情，讓我們了解奇葩原來是最可愛的一朵花。

仙女日常奇緣

自展覽《白馬屎》中脫胎，千姿百態的樹肖像，不
知道有一天他們會疊成冊、寫作《情批》。阿尼默
（1977-）在《小輓》後《情批》，經過無聲、飄
著細雨的哀悼，來到深情陽光的山頭。《情批》風
格轉變的樞紐，在詩、在臺語——在臺語詩如何住
進美麗的繪本。先看量身訂製的短片：由金曲獎最
佳臺語專輯得主廖士賢擔任聲音演出，地景與身體
的畫軸展開抒情之旅，群山掉落，由樹至書。故事
說完了，謎底揭曉了——繪本還精采嗎？翻開《情
批》，已經是「第二次」，你會驚訝地感覺調性差
異。右邊的鉛字口氣仍坦白，不見得能在左邊的畫
面得到回應；湖中倒影，有時有漣漪。其中，很可
以（疑）的包含：如流出鮮血的紅年輪，看來怵目
驚心，這愛似乎有自我犧牲的傾向？神祕旅人在最
後現身，神仙般漂浮群峰之上，他是誰？藏在扉頁
的郵票上，兩名紅泳褲的男人望向大海，難道收件
人是某個「刻在心底的名字」？詩是主旋律，阿尼
默在細節埋伏了微妙和聲。多麼幸運愛仍有謎團。

情批

二〇一九年，阿力金吉兒（1970-）遠赴新墨西哥
州聖塔菲駐村，與來自各國的藝術家共同生活、四
處遊覽，《去遠方：聖塔菲印象》像一本畢業紀念
冊，用圖畫和短文收藏一路上所見所感。適應的九
月、探索的十月、告別的十一月，分輯自然換氣，
彷彿雋永的三段式電影：關於友誼、鍾愛的貓、
歐姬芙，普韋布洛文化在遼闊的地景上。包藏書
中的別冊驚喜地展開另一種敘事：完成於當下的
塗鴉與英文短日記，蘊藏更多焦慮的熱情，因為
「不足夠」的英文像一塊布，失望、渴望像捉住
的蝙蝠拍打著翅膀。對照阿力擅長表達的心像世
界，正冊的圖畫是很不同的她，風景成為系列創作
的主題，浸潤於帶著懷舊傷感的幸福色彩；特別動
人的是，彷彿「加上去」的許多小人，姿態笨拙，
活動於風景間：動作被弱化，加深了那時那地的
聚集。《去遠方：聖塔菲印象》穿梭於動作的不自
由與自由——雖然人在異鄉語言隔閡、輪椅諸多不
便，阿力勇敢冒險，擁抱新體驗，並且將它寫得更
簡潔：My heart is also a small stone, longing to fly with
wings.

去遠方：聖塔菲印象

常常，張亦絢（1973-）的表達是最大化的，討厭與愛都是——至少於書寫中如此。她曾說，「先站在極端，是為了知道界線在哪裡。」《我討厭過的大人》充分把握此法，先「招認」一件決絕的事實（討厭 XXX——多容易在國高中課桌椅上看到的句型），再將它細細推敲，聽哪一塊是「想得不夠清楚」的空心磚。與書同名的輯一，是連載於《幼獅文藝》的專欄文章，回顧也曾怒氣沖沖、「歪七扭八過」的青少女自己。儘管不無糊塗魯莽，那些為保護珍視的價值因而「勢不兩立」的心情，仍珍貴地發亮；在還「看不見」或「說不出」的年紀——暫時都捏成討厭的形狀。輯二「有多恨」中，敵人變抽象了：〈恨勢力〉、〈恨匱色〉、甚至〈恨我恨不長〉。其中最「走心」的〈恨母親〉，掀開母女關係的緊張與疼痛時，近乎生肉，我們在一些珍奈・溫特森裡也讀過。人的成長過程，感受性時常被規範到特定的一面，因此感覺不自由、感情齊一化；因此張亦絢說，希望以書寫「平等對待，神聖與神經」。

我討厭過的大人

《感情百物》是張亦絢（1973-）的多寶格，收納小說家的私人物品一百件，以及附著其上的情感與往事。企劃的盒子有趣，裡頭的物品也很好，數量還這麼多：多的好處是琳琅滿目的豐盛感，多的難處是考驗作者執行的毅力。要知道保持動態是一回事，克服啓動的靜摩擦力是另一回事——因此，頗逆反直覺的事實是，連綴的短作不比長篇輕鬆；儘管，這批以五字命名的「證物報告」（讓人想起她對正方形的偏愛？）散發著不假修飾的即興特質。張亦絢說：「奇怪讓我自在」，或許也因爲奇怪與自在同時成立，使我們意願不停聆聽她的看法？廁紙架冠上「莊嚴」二字，怕是沒有別人能想得到吧？從美化的假領到「枷」又是怎麼一回事呢？大規模盤點帶來的附加價值是，顯露出「能運用進小說的經驗」之外，「不能寫進小說的經驗」。那是比吐司本體還少的吐司邊，因此當張亦絢說「把感情鈔票分出去」的時候，我們都感受到了千里鵝毛的情義。

感情百物

在瑪莉娜的自傳《疼痛是一道我穿越了的牆》之後，任何關於她的傳記都是艱難的，她的個人魅力與渲染力十足的表達習慣，以致於她的作品與人生，有「拒絕」被他人演繹的特質。然而詹姆斯·韋斯科特做到了，《瑪莉娜·阿布拉莫維奇死後》聰明地與藝術家拉開「安全距離」，節制明快的筆法像一道很好的玻璃牆；或許這是觀看藝術（家）的最佳距離。本書分為三個階段：南斯拉夫的童年成長與藝術養成，與藝術家烏雷傳奇性的戀愛、搭檔與分手，以個人身分發展的藝術事業。事件與細節的精準選擇，在在顯示作者的好品味與深刻理解；它絕不是一冊包山包海的檔案，它更接近優秀拍立得快照所保留的當下神韻。此外，王志弘為此書作的設計十分畫龍點睛。借用瑪莉娜的作品名稱《藝術必須是美麗的，藝術家必須是美麗的》，我們因此可以再加上一句：藝術家傳記必須是美麗的！

瑪莉娜·阿布拉莫維奇死後

當福爾摩斯思考著狗為什麼沒叫，麥迪森‧李‧戈夫（1944-）可能會問：為什麼麻蠅和紅眼金蠅同時離開了？《法醫昆蟲學》奠基於最新的跨學科破案技術──蒼蠅比警犬更靈敏（屍體暴露在某些地方，十分鐘內即被尋獲，可惜牠們並不受雇於人），隱翅蟲能在法庭上擔任目擊證人，更多一般人不會知道、依然確實充斥生活周遭的小小蟲們，跟隨自身習性，於腐化各階段現身、繁衍、離去。受害者的身體是一本書，小小蟲們是五顏六色時間的標籤。李‧戈夫教授將案子鋪排開來，同時是CSI犯罪現場，也是昆蟲博物館，細膩的分析觀察與證據推演，讓人不禁感嘆自己粗枝大葉，什麼都看到卻什麼都沒看到，原來「案件並不是缺乏證據，而是缺乏昆蟲的眼睛」！而誰能想到學院中冷門的蟎蟲專家，蛻變後會直接走在法醫實務的最前線呢？

法醫昆蟲學

「首先，讓我召喚您虛弱的身體感吧！」序言中作者如此宣布如一名術士。虛弱常在，尤其在不被提及的時候；但虛弱到底是什麼病，得靠什麼藥來醫（補）？隱之諱之（卻大量湧現），虛弱和性「不能點破卻又人人心知肚明」的關係。皮國立（1976-）以「慾之為病」的刀（戒之又盛之），解醫療問答、教科書、飲食與廣告的包袱；以小我的日常，把民國社會（1912-1949）國家社會的脈。全書臉不紅氣不喘，從中西醫的觀點，談手淫與縱慾之害，談荷爾蒙藥品，再從憂鬱症與腎虧，循環至傳統的補養觀。現代讀者搭乘《虛弱史》，彷彿回到近代中西文化最高張的一場會合。看似強壯的西方「外來種」並沒有完全取代地方知識：醫者創意閱讀外來概念，挪移融合，而病人在這些話語下，試圖表達自己的慾望與身體感。後見之明的我們望向過去的「新發明」，體感奇異與荒謬；我們最可靠的知識會在未來之眼中，裂成什麼斑斕碎形呢？

虛弱史

身為史上最年輕的布克獎評委會主席，羅伯特・麥克法倫（1976-）的眼光與論述的出色無庸置疑。自初試啼聲之作《心向群山》，麥克法倫即證明了他的書寫難以歸類。超出旅行遊記、超出登山史、超出美學論述，揉雜各路系統的「山徑」，他驚人地於小說敘事的稜線縱走，不時在峭壁敲下絕妙隱喻的釘子。人為何登山？麥克法倫回應丁尼生：「簡單說，就是探索空間——往更高處去——是人類心靈固有的渴望。」《心向群山》引人入勝之處在，作者於大架構下（地質學回顧的巨大石頭書、追逐恐懼的浪漫主義地理學、冰河作為量尺的時間之旅）筆走龍蛇，游移實在的山與心靈想像的山，援引自身登山經驗與文史資料，新空間不斷被打開，美麗岩理如令饕客垂涎的油花。麥克法倫先生是負責的嚮導，不像孤高超然寫下「噢心靈，心靈有群山」的霍普金斯，更像帶青年貴族登高的波納特，領導（地表）經驗匱乏的讀者，（在刺骨寒風中）溫暖親切地，一覽眾山小。

心向群山

這是義大利哲學家羅貝托・卡薩提（1961-）的「冬之旅」，五十三篇札記，紀錄赴美國新罕布夏州教學期間，十個月認識寒冷的過程。兩大一小一黑狗，搬進新家，全是新手；對於日常家務、自然環境、嶄新的生活方式，都是。不似《汀克溪畔的朝聖者》心旌動搖的神遊，不比《心向群山》文思飛揚的壯遊，卡薩提有其務實本色，觀察、嘗試、敘事，本書就是他們家的小屋、健行步道、汽車電影院。書中穿插的照片，甚至是作者用他口中的「低科技產品」，舊款索尼易利信拍攝——好個「陽春」照片！《絕冷一課》可不是教授的陽春白雪——引文都寫了：「寒冷是偉大的導師」——而是一名學習者的經驗分享。其中，卡薩提設計的「實驗」，認真可愛別具孩子氣：向福樓拜學時間管理，為害怕觸碰冰面的小黑狗買鞋，試造因紐特人的冰屋——雪的隔音太好，差點就被困在裡面啦！好險燭光透出去作救兵，卡薩提說：「光子擊敗聲波」。

虛弱史

癡迷閱讀的書蟲，不是蒐集狂就有整理癖，心中
（儘管已人數超載）總留了位置給擅長羅列名單的
作家：卡爾維諾、波赫士、艾可、培瑞克……現在
這份名單可以再加上茱迪思・夏朗斯基（1980-）。
從圖阿拿基島到莎弗的詩，《逝物之書》為十二種
不在之物作了別緻的「再現」。不同於美國畫家奧
杜邦，探照燈般的自然主義作法，夏朗斯基的成
果，不僅在文獻材料的組織上有彈性，更擅長透過
想像為「傳主」打造具臨場感的舞臺，適時加入個
人化的抒情評述。章節之間，夾以作者親自設計的
黑色頁：逝物在黑水中若隱若現，彷彿在存在的反
面注視我們。失去在夏朗斯基的筆下是塊多切面的
寶石。人類如何克服死亡恐懼，如何在已逝的未
來開發過去的潛能，以及領悟遺忘與記憶的互相需
要：保留一切即意味著一切都沒留住。

逝物之書：我們都是消逝國度的局外人

作夢是打一條盲目的隧道

1

即使沒有拍出《大象席地而坐》，即使不是電影導演，胡遷仍是一名了不起的小說家。也因為電影，我們有機會更快認識他——但死亡的腳程還是早了一步，死亡有特別靈的鼻子，大概也是那種特別吝嗇的藝術經理人。胡遷擁有特殊才華，像生前藉藉無名的卡夫卡、舒茲、佩索亞。有些才華是黃金，質量兼備的大作家通常擁有大分量金礦；胡遷的才華是鉑，低調、冷門、稀有。他的小說在許多優點相似的文學作品中顯得個性鮮明、具辨識度。

這個個性，說的不是作品中一再出現的素材：暴力傷害、死亡、麻痺的人。包裝其中的意旨容易被注意（或許也因為，現實中作者的自殺），老實說，表現得並不亮眼，有時甚至頗為平板，若要挑毛病，這可能是我不那麼喜歡的部分。我喜歡的是他顏色、場景冷清乾淨，以一篇篇小

說造出同一座心靈的荒原，就像一閉上眼睛就要找上我們的噩夢，主角在裡頭漫無目的的行走，遇見一些漠然如假人的角色（不約而同失去溝通能力），每一篇小說就是再一次回去那個噩夢。換成中篇小說〈大裂〉中的情節，是（爲了某個不知道是否存在的寶藏）盲目地打隧道。遇到小說，多像遇到溼土的蚯蚓，打出許多深深淺淺的隧道。

2

胡遷的稀有金屬們，比較容易解析的成份是秀異的文字（意象、結構、敘述）技術。說到文字，朱宥勳是這麼說的：

「胡遷的短篇小說是一種『骨折』的文字。不，我的意思不是那種被打斷了四肢，不良於行的那種；而是以肉身硬抗鋼棍，被打得骨骼斷折，破開皮肉而出，森然而有裂齒，卻還在格鬥的那種。」又說：「情節與字句的剪接都堪稱『簡斷』，處處都是毫不猶豫折斷讀者情緒預期，卻因而產生更強大張力的悍然技藝。」

我們再來參考黃麗群的說法：

「每個字是似有若無的纖維，每段句子是氣孔綿刃的密絲，分分寸寸，行若無事［……］每一抹淡到幾近透明的草蛇灰線都有繁複意象，語言平靜，一絲濫情自溺的贅肉都沒有。」

問題是：簡斷還是綿密？或者，簡斷又綿密？在這一題上，我更贊同黃的說法。朱的「骨折說」可能與「詞意、句意」更相關，也呼應黃說「沒有一絲贅肉」的剪裁。出土的骨頭有賴高明的考古學家用透明吊線（草

蛇灰線）拉撐出翼手龍的形貌。在胡遷小說的敘事段中，十分充分利用「複疊」與「延遲」。看看〈一縷煙〉寫：

「我覺得這張畫很爛，但會經常看到它，覺得哪裡有點奇怪。也許奇怪在，為什麼我一回家就要看到五隻狗。而金盞村垃圾味道四溢的胡同裡到處都有那種長不大的土狗，當你走在那條高低起伏的土道上，會有野狗跟著你，你跺一下腳，狗就跑掉了。而回到家，我看著那五隻扭曲的藏獒，它們就一直在那，我跺一下腳，只聽得到回音。我也不能跟新舍友說，你的畫太爛收起來吧。」

整個段落摺起來是一句：我覺得這張畫太爛（你）收起來吧。順著敘述者的話，我們以為經常要看這畫很奇怪，是因為畫得差。接著他說明，奇怪的點在「為什麼回家得看到狗」。繼續下去我們卻發現，奇怪的是狗。句子重複著墨在狗身上，形成段落上的「單一調」，可是裡頭又靈活地做變化：「五隻狗」、「長不大的土狗」、「野狗」、「狗」、「五隻扭曲的藏獒」、「它們」，指的是同樣的對象，但又不只是為求豐富抽換詞面，而是在詞意、句意上開闔多樣的空間感；群狗跑過，畫的爛就別有玄機，奇怪的是心神不寧的「我」。若我們自行替換幾個位置與說法，就能體會到作者的天賦與功力。「複疊」與「延遲」貫通的脈絡（也是某種打隧道）就是以段落作為尺度的草蛇灰線。這樣的「單一調」與「多樣的空間感」，既融和又矛盾，形成胡遷文字的獨特質感。

這樣融和又矛盾的質感，也在以篇章作為尺度的情況下發生。黃麗群指出：「作品的結構有時其實不大工整，但那當中的強烈能量讓技術問題的刮痕甚至不讓人感覺是瑕不掩瑜，而莫名顯得那歪斜是一種天經地義，

理直氣壯了。」對我來說，那「強烈能量」來自於行文累積、貫通的脈絡；另一層次的矛盾感出現了：如此縝密經營、內在邏輯通暢的線，打出來的隧道，居然是一條欠缺規劃、一條盲目又堅固的好隧道？我們永遠不知道前方是否有寶藏（作者自己也不知道？），也不確定隧道通往東西南北（如某些不小心或刻意讓讀者猜到套式與構造的小說），然後突然間小說結束了，不知是政府的哪個單位突然宣布工程延宕，又或者不知何人將他從夢中叫醒。

3

以上是有關敘述段的一個看法，至於對話段，胡遷採取了不大一樣的技術，或許回過頭來，可以當作談論「簡斷」的部分。這又是另一個話題。文章的最後也談一下書。《大裂》可說是胡遷某型態寫作的集合，雖然集子後半些許篇章有習作的味道，仍可以拿中篇〈大裂〉作為核心及索引地圖，衛星則有〈一縷煙〉、〈氣槍〉、〈漫長的閉眼〉、〈荒路〉等作支撐，形成一個穩定的系列。相對的，《遠處的拉莫》正處於劇烈的變化與試驗，準備通往下一個階段。此時的胡遷有兩個特色：第一，更在意作品的整體性，以概念先行，如〈看吶，一艘船〉寫一個人被剪斷耳朵的遭遇，〈祖父〉寫祖父與自己的「葬禮」；第二，嘗試不同調性的文類，核心的兩篇「拉莫」，基本上是某種〈大裂〉的複寫，一篇是胡遷版的〈伊凡‧伊里奇之死〉，另一篇則有末日科幻小說的特色；〈黯淡〉像一則聊齋故事，〈海鷗〉改寫自真實事件　　胡遷正在向各處打開，金屬正延展發燙，除了稀有的東西，也拾起一般的工具，可是死亡的鼻子特別靈，把天才領走了。死亡是一隻扭曲的獒犬，而且非常吝嗇。

136

撕開《撕書人》

1

開頭先說一下文學史上最有名的棄書。

莎士比亞《暴風雨》的結尾，米蘭公爵普羅斯比羅爲被原諒的仇人、疼愛的女兒做好安排，解放精靈愛麗兒，宣告：「我現在要交出我的魔法，召喚一些天堂的音樂，即使我現在所做的，就是用這樣飄渺的法術去完結，我會折斷我的手杖，深深埋在地底，在沒有任何錨能抵達的海底，我將沉下我的書。」

同時，做爲莎翁最後的戲——這是多數人都會願意相信的浪漫的說法，在這裡，莎翁也放棄了他的魔法，丟了他的書。十分耐人尋味，普羅斯比羅召喚了魔法來「解除魔法」；這也是伍軒宏正在做的事：寫一本長篇小說，關於撕書與棄書。

2

這本魔法書和《撕書人》更大的關連在於，它們似乎都提示我們書的危險。沉溺於閱讀，面向文字建構出的空間，會造成個人與人群／社會的緊張。普羅斯普羅被篡位，失去領地、放逐小島，不就是因爲「閱讀的行爲、所需空間與儀式，切斷了讀者與周遭他人的通路」？《撕書人》對書裡的「魔」提出更多的「指控」：沉溺讀書壞心神、損形體；書作爲物笨重、占空間；影響感情發展（主人翁德彥歷任女友的經典分手臺詞是「再也受不了這些書了！」③），甚至，「書才是第三者」。借小說的話來說，書威脅了「生殖（兩性發展）與生存（生活空間）」。

在「沒有書的時代」（撇除知識載具的變遷，「書的時代」有何特徵、如何定義？），普羅斯普羅和德彥都是怪胎、他者以及奇觀，必須處理那些「不在」的作者、知識、訪客或精靈，以及上一代留下的「遺產」，才能進入時代，與人和解。這門課題是如何消除書的魔力，當那些被撕開的往往是德希達的「鬼書」或但丁《神曲》〈地獄篇〉。

我們應該注意到小說中重複的差異，棄書人德彥和撕書人佐夏，一個想消除書的影響，一個消除撕書的能力。

3

雖然動作同是反（抗）書本，佐夏一線，撕書是無端被賦予的「困擾」，這樣的超－能力，需要嘉年華式、誇富宴般的蕩盡才能化解。彷彿遠遠

地回應德彥的棄書，佐夏擔心撕書能力會「著魔附體」、「眩惑心智，甚至改變認知」。

另一線，由於撕書太累（大量撕書是「類漫畫」的超能力），德彥選擇棄書，考慮丟掉、賣、轉贈，簡單來說，不是毀滅而是空間的移轉。太累大約只是表面的說法，眞正的理由該是「棄智絕學」的焦慮④。對父親和德彥來說，毀滅書本總是夢境與慾望的，在夢中「書是無法被摧毀的物體」，甚至在這樣的焦慮中，毀「書」有了精神分析上的層次，意味著弒親。面對難題，德彥不想原地踏步，也不想完全撕開（過去的）自己，因此將書分門別類，進行一場漫長的告別。這種不摧毀只是移轉的溫柔是由於「不是不喜歡」只是「現在沒有他們的空間」。「無限美好，留在過去就好，自己珍藏。」

而身爲「書中人物」的佐夏，在書還沒有絕跡的年代就讀哥大，用文學研究辯證通俗化的生活，說不定就是爲德彥留下一屋子書的「上一代」吧。

4

「三變」是顯性的佐夏、德彥，隱性的理青⑤、〈我愛黑眼珠〉所共有的格式，使線條有了連結，互相補充。

固有生活中出現大洪水，蕩盡有什麼功能？對德彥來說，接近禪宗公案，是「凝視空白之後發現到的豐富」。理青認爲自己與〈我愛黑眼珠〉裡（男性的、小說中的）李龍第相像，她利用書當作支點重整人際關係，如同李

唯有經過否認、重新命名，才能進入「第三變」找尋妻子。書裡也透過評論說出，「人物出現身分危機，撕書，就是拆解自己的意思」。

新的（情感）關係能幫助重建秩序。德彥從第二變到第三變有小卡的協助。這名不讀書的女人，相對於代表知識的蘋果，帶來番茄。這不是巧合，在歐洲，番茄有愛情蘋果的別名。小卡用愛情使德彥從棄書創傷（夢中訪客不斷追討）走向放下的第三變。同樣的，佐夏也需要九歌女孩的見證來完成過度；理青似乎不假他人，卻也「等待旅伴」，借書男孩是可能的人選。

5

蕩盡採取一種相對於堆積的「減法」策略，事實上，這也是《撕書人》基本的書寫策略。

《撕書人》多使用短段落、彷彿是對現代輕薄短小閱讀形式的模擬；修辭上維持最低限度的敘述需要，幾乎不用並置、「文學式的」、「加法的」譬喻手法，也「缺乏」讓人能夠「感同身受」的感官描寫。用減法策略對抗「蔓生之書」，正是「在使用魔法的時刻和魔法告別」。這樣的書寫很難不遇到猶豫的、「不上不下」的困境。文學還是通俗小說？行動還是文字？個人還是公眾？更多的表現在於，「不夠完整的批判」、「不夠穿透的寓言」、「裝配不足的科幻」。伍軒宏並沒有關閉可能性，同時給了我們棄書人與收書人創造新局面的故事。

互文的〈我愛黑眼珠〉是短篇小說的經典手法，即「遇到一個困境或轉折，人物有甚麼可能」；抽離佐夏一線的文本，《撕書人》幾乎是用長篇幅員處理短篇題材，篇幅與閱讀速度因為文本特色產生落差，「偉大的事業在這一種考慮之下，也會逆流而退，失去了行動的意義」⑥，無意（或許也在有意之間）《撕書人》成為了一本「蔓生之書」。

③ 題外話，伍軒宏最知名的得獎小說〈阿貝，我要回去了〉中，主角德貝經典被分手臺詞是「阿貝，我要回去了。」不知道是巧合還是作者有意為之，德貝與德彥命名的呼應，不禁讓人想到「彥」，即暗示「有書的人」。

④ 這裡並不是指捨離知識，書中也提到不讀書不等同於沒知識，毋寧說是棄絕「家學」、傳統。

⑤ 在整併於德彥故事下，身為棄書「幫眾」的理青是隱性、沒被說出的「收書人」，也提供女性視角的聲音。

⑥ 《哈姆雷特》的經典獨白。

她是在與不在之間

如果要邀請一名作家談「情感教育」，你會想到誰呢？

「好大的題目啊」——張亦絢眼神向上，嘴巴微開，彷彿我額頭的位置是一片星空；然後意外地，給出明確答案：「寫《倫理學》史賓諾沙，因為他對情感有嚴密的定義，細緻的分辨。」

若問我，接到誰的訪問機會，我不願錯過，卻又心懷膽怯，我會說：唐鳳、張亦絢。她（們）是這麼準、這麼快，見解好端端地放在你面前——不纏繞、不拋專業術語——溝通是這樣的，刺激與受器必須搭配才會有效。可是，當她親切誠懇的在你面前時，你又會有一種奇妙的感覺，一部分的她正往返於此處與「簾幕的後方」，端出準備好的食物；廚房的私密性是種默契。那是她的「不在」。

小學生

她的作品很不好讀：思考環環相扣，一個筋斗上加一個筋斗，層層都想清楚，需要耐心。神祕的是，她的作品又很好讀：濃淡有致，不軟不硬，讓人一口接一口；對更廣大的讀者群來說，它是開放的。張亦絢說，這其實是寫小說時她給自己的要求——不用難字難詞。「我的想法是，十歲的小孩應該就具備所有寫小說的能力。小說是一個不以文化資本判高下的領域。小說的珍貴之處在於，一個讀書不多、甚至掌握的表達技巧也有限的人，如果心裡真有件重要的事想說，他就有可能寫出非常好的小說。」

舉個例子。某天她偶然重逢一篇自己刊登在國語日報上的文章，題目叫做〈彩虹〉。看起來就是一篇中規中矩、符合小學生經驗的文章，描述彩虹的美麗。但就在結尾，作者天外飛來一筆寫了：「彩虹是一種自然現象」，並平實地交代了關於彩虹的科學事實。

張亦絢的幽默，在於方向無厘頭卻邏輯合理的落差。她的創意，在把一些我們都一定會、卻從不拿來用的詞，用到淋漓盡致，並以接近直白的方式表達（誰會把自己的性格歸納為「慈幼」二字！）而這竟是、真是十歲小孩就能掌握的功夫。

上小學時，老師就看出她的不平凡，而她也展現出她的神經質：不能讓老師改她的作文。深呼吸，「完全無法接受。」她清楚文字什麼時候可以不守規則——老師提出的修飾與更正往往是「沒意義的」：破了破格。

「我是個很怪的小孩。可是，從小看王文興的小孩是能多正常？」張亦絢竊笑不止。

從小到大，我的作文總是班上最高分。如果張亦絢是我的同班同學，我一定會非常、非常的討厭她。

論說文

小學作文課一定得練習「論說文」。能做到說清楚，已經不容易，寫得好看？──這文類有「先天上的缺陷」，還是祈禱考試比賽抽到抒情文或記敘文吧，這應該是多數人的經驗。張亦絢不一樣。進入論理的時候，就進入了專屬於她的賽道，平衡的層次感、特殊的觀點、辨識度十足的選詞──讓我想到某些頂級運動員，在「更高、更快、更強」之外，具備只能用「品味」比擬的質地。

張亦絢說，寫評論把握一個原則，那就是，「用自己的話說」。很基本，很實際。「即使這裡我讀過別人意見，我也同意他們的意見，我也要有能力換句話說。」也就是──不要撿現成。消化後蓋出來的東西，更適應前後文的結構，讓常見的說法「陌生化」；新的刺激是更有效的刺激。

作家的作家

張亦絢是作家的作家。作家的作家，並不是指某種「人中龍鳳」，或必然是「寫得最傑出的作家」。而是說，有一類作家特別容易吸引其他作

家。「我認爲作家的作家是存在的。」她說的是王文興。「也就是說，他不只是工作者，他的工作會特別回饋到這個領域的工作特性與限制。有些作者的工作，特別著眼於此，那確實對其他工作者來說，會具有標誌性。」

和我同世代的作家中，寫詩的都是程度不一的夏宇追星族。寫散文的，可能各有各的心頭好。年輕的小說家們，誰不愛張亦絢，誰不是「張派」？

教育

《性意思史》是給少女的「性教育」，《我討厭》是「情感教育」，儘管分別以小說和散文表達，卻共有兩個互爲表裡的特性：第一，書寫具有任務；第二，提升讀者的重要性。連載於《聯合文學》、《幼獅文藝》雜誌上，或許也強化了它們。說到底，「教育」並不是「好爲人師、倚老賣老」者適合的工作，而是相當「以客爲尊」的。

大學時，我參加過由張擔任導師的文學寫作坊。每個月我們固定交一篇作品，在聚會上彼此討論，並由導師講評。張爲我們多做了一件事，那就是寫給個人專屬的「小紙條」——深知每個人學習階段的需求，她對症下藥的給出建議，更不吝於讚美。切中要點的讚美。「小紙條」體貼對待了差異。

「我對教育不是那麼有意識，但也覺得沒有必要迴避。」張亦絢表示。以教育作爲目標的創作，聽起來似乎很強調「功能」，文學是否就比較「不

純」？她拿音樂舉例：「有一類曲子專門設計作為手指練習，避免彈奏上的壞習慣，但這樣明確的目標，並不會傷害藝術的本質——這就是人們崇拜巴哈的原因。」她說的是《平均律鍵盤曲集》。巴哈在標題上寫著「為使好學的音樂青年從中獲益，特別是供熟悉此類技巧的人消遣」。這些「手指練習」甚至被後世譽為鋼琴音樂的「舊約聖經」。

再說一個小故事：從前有位歌手，演唱時總會犯同一個錯誤，於是，他的老師每天一大清早就來按門鈴，聽他練習。歌手起先苦不堪言，沒想到時間過去，錯誤消失了。「有一個人聽，很重要。」她說，「我滿受這種東西感動。」無論在《性意思史》或《我討厭過的大人》，作者都不企圖做出大的指導，以張的話來說，她所做的是「最低階的工作」，好比環境衛生，列舉可能的浪費；高階的工作是自己的工作。

斯湯達爾

她喜歡斯湯達爾更勝於福樓拜。——《小道消息》與《愛的不久時》都提到這位對臺灣讀者相對「冷門」的作家。她告訴我，在法國，這種喜惡幾乎是涇渭分明的兩派，代表了一個人的基本立場，甚至有兩邊互看不順眼的味道。「對我來說，讀小說不知道斯湯達爾，就有點像……看電影不知道高達！」為了寫小說，斯湯達爾會去讀法條，尋求一種不拖泥帶水的（就像顧爾德的觸鍵）乾爽風格。

看法文原版前，她也讀過遠景版的《紅與黑》。她說，「早年的翻譯，有些比較『生』的感覺，有點像耿繼之翻的俄文……我其實是讀得滿喜

歡習慣的。」她在書中引用米迪亞時，男主角是「積遜」不是「傑生」。不只是譯名，張亦絢的行文也有「生」感——當然不是所謂的翻譯腔，相對於熟爛流氣，她保留了句子間的摩擦力。「就像《一百年的孤寂》，有些老名字你已經有了感情。或許是我完全沒注意到世界的變化。」

不知道—不記得

寫作時，她不打稿，因爲「打稿的和沒打稿的，寫出來絕對是兩篇不一樣的文章」。她偏好讓一些問句、對話當作燈泡，再將它們串起來。因爲還沒有被語言包覆，書寫因此具有引力。

可是一寫完，她又會忘記自己所寫的內容。「坦白講，我對自己寫的東西總是很驚訝——」她認爲，寫作有種強烈的匿名性。（與之相對的是，一般情形下，人們習慣把作品與作者連帶討論：「文學作者」是有公共性的。）在這樣的匿名性中，張認爲署名就非常重要，「署名使書寫不是無主的」。既然遺忘是必然的，小說與現實的世界的關係這麼不穩定，她小小聲說：「……這樣我還可以宣傳我的書嗎？」

一下是不知道，一下又是不記得。可以想見，那天當她讀到自己的國小作文時，是多麼不可置信，彷彿她是「在與不在之間」。

「彩虹是一種自然現象」。

不願破冰的手指

翻動《色情白噪音》時，我想起韓江的句子：「那女人曾經因為疼痛照了全身 X 光。一副朦朧的骸骨站立在彷彿青灰色大海的 X 光片中。她驚覺到人的體內正由具備石頭特性的堅固物體支撐著。」王和平的人物總是在媒介間游移，渴望又拒斥被準確地定位：交友軟體的窗格、扮裝皇后的假髮、語言不通的異國、生命與死亡的販賣機。最初我們會以為小說家著眼的是性與肉體多汁的桃子，直到某一刻才驚覺，漫遊的路線都在環繞，尋找一個（不）存在的核。

改名換姓

王和平是創作用的名字。首先是為了音樂演出切換身分，希望有個響亮、筆畫少的名字。她將小時候的英文名 peace 翻譯。（名片照了翻譯得到一張 X 光片。）她說：「我喜歡它視覺的平衡，多過字的意思。」

我們第一次見面是在花蓮。當時王和平（不無叛逆地）在太平洋詩歌節朗讀她的小說。經過引言般的國語⑦，倏忽切入粵語，彷彿飛機切入平流層，清晰無阻，我「聽懂了」她的小說清晰無阻。她的國語接近做演唱時煙霧的氣音比例，粵語則較紮實，我很享受毫無防備的比例改變，那切換點並不受限於書面的粵語漢字。

創作小說，她來回於兩種語言，思考要押國語還是廣東話的韻。「剛來臺灣時，」王和平說，「連用國語做三十分鐘的報告，都難以想像。」現在反而覺得舒服了：她喜歡用國語排列文字，因為不是最熟悉的語言，維持了剛好的距離感。那同時也是一種安全措施，可以避免情感上的扭捏害羞。好比為了暫時脫離改名換姓。

廣東話與國語聲音特色之比較（王和平口述）

混雜、快	緩慢
比較多短音、比較沒有尾音	緩拍
有時是很吵的短音	句子拉得比較長
冷的	溫柔
說停就停	比較有餘韻
直接，比較帶有侵略性	比較多尾音
九聲	比較平
層次起起伏伏	適合填詞，容易貼上旋律

矛盾的體感

曾在柏林的餐館打工，剛畢業於花蓮的研究所，〈皇尙燈塔〉、〈金黃法拉〉中留下了異地生活的痕跡。或許由於長時間處於過客的狀態，王和平筆下的經驗有種矛盾的體感，疏離又鮮明，彷彿盯著血淋淋的生肉。

「我喜歡移動，移動使我的思考清醒，搭飛機、搭長途車，到了一個地方然後不動。就像楊牧的《下一次假如你去舊金山》：出門旅遊又把自己關在書房。在花蓮讀書時，我的活動很少超出校園範圍。」另一方面，王和平也意識到自己享受行動的限制。無論是困在移動的飛機與長途車，或單單依靠腳踏車在市區通勤，取消自己的選擇，就可以安心的創作讀書，做「內向的事」。

長時間待在有山有海的花蓮，王和平感覺自己越來越不像城市人。「聽一個香港人說自己不像城市人一定很奇怪。」她說，「我原本就是比較慢的人，人多的地方會感覺不自在，或許也是因爲如此，才一直想離開香港。」但在今天，政治才是回不回香港，第一個必須面對的問題。隨著脫離學生身分，居留資格即將到期，王和平感受到離境的壓力。

破冰遊戲

〈色情白噪音——那不是河、不是雨〉運用交友軟體，很奇特地將女同志情慾的遊牧與香港流亡者結合。訪問中王和平屢屢提及「香港情意結」一詞，她說：「有時我不禁會想，我在臺灣接收到的好意與照顧，有多

少是源於對方對香港的想像？」若再考慮性的需求、網路交友的情誼「隨時可能消失」，敘事者恆常陷入無以爲家的不安全感。

可是，看見倚靠「兜售」自己身分討生活的同胞，敘事者「先是震驚又妒忌」，但不願斷人財路；看見身著頭盔、防彈背心的人們，不曾出現加入的念頭，因爲「太多太多我不想回憶的過往，並且我們都冷。」我問小說家，現實中她是怎麼想的呢？

「小說不完全代表我。」她停頓。「香港人的冷和我自己的冷都是我不想面對的……有時候會想說，是不是整個香港都要來一場破冰遊戲。」長長的沉默後，她說：「我也無法代表一個民族，也不願用一個城市定義自己。」接著悄悄切換頻道：「有時我在街頭聽見同樣的口音，心裡會錯愕一下。（爲了維持距離感）不一定會去相認。」暫時隱匿於陰影裡，不必做一個香港人。「回去香港就失去這種保護層了。」

沒有過去與未來，唯有現在——說的是同志的性，卻也暗合香港的政治命運。「所謂人類的繁衍，是不是就是前一對男女的結合，以及他們高潮的餘韻？一個接一個延續，他們是有過去與未來的。」王和平提問：「雖然這麼說很生殖主義，對於同志來說，性是什麼呢——難道只有當下？我們有餘韻嗎？」

沒有族譜的高潮。那不就是聲音演出，不就是音樂嗎？留聲機還沒有發明以前，過去的聲音幾乎難以成立。然後她說出心裡準備好的答案，也頗有宣言的味道：如果此刻我是一個酷兒，唯有作品是我的餘韻。

茂密的手指

朱天文的《荒人手記》中,主人翁在物質斑斕的荒原,抵抗病與衰的颶風,書寫是一種,若不是唯一一種,勉強的救贖與支持。《色情白噪音》依然倚賴創作,但立基於新一代的荒原風景,那是數位時代的荒原,無限個分頁開啟的存在焦慮。「有時我對網路無所不在感到厭煩,因為它讓你永遠無法消失。」接著她將話反過來說:「網路不存在就彷彿你不存在,也讓人分心,感覺跟自己越來越遠。」

成為交友軟體上虛擬的臉被快速滑掉,或在現實中但求一餐溫飽,「關乎生存」的主題往往伴迫切、尖銳的音色。相較之下,性(欲)不是個顯題,像冷氣、冰箱恆常運轉產生的背景音,徘徊於生活的大小角落。王和平提醒我們:「如果特別留意,它們其實挺大聲的。」我喜歡那些性,轉化成線團、雜訊,尤其喜歡它們變成茂密的手指,塗鴉穿插頁面,它們是千手觀音的千種手勢,是「無法生孩子,我們勤剪指甲就可以」的暗號,是沒事打開門放大照片的強迫症。

「色情是熱的還是冷的?活色生香還是冷酷異境?」我問。
她模稜兩可。我將之理解為搭飛機、長途車:受困的移動。

顯性與隱性的音波

最後,是〈金黃法拉〉的句子:「我們不該低估這世界徘徊於背景的音頻作用。」、「看不見的音波,已對我們生命構成關鍵影響。」

顯性的音波好比夏宇。王和平表示，喜歡夏宇但不把她當成偶像。「你越喜歡一個東西就最好不要對它太認真。」好比張亦絢。她爲我挑選《愛的不久時》的句子：「人爲什麼要煩惱面對白紙呢？在人生中爲什麼會有時間去面對白紙呢？這樣的時候不就是做什麼都好就是不要創作嗎？」兩位天南地北的奇女子都有好幽默感使她共鳴。

隱性的好比閱讀〈露天茶座〉時，我吃驚瞥見海明威的影子。一問方知，原來海明威是創作期間的手邊讀物。誰想得到他會與王和平配對呢，海明威！「我好像總是質疑角色設定，背道而馳。」王和平說。「出專輯時，我幾乎沒有實體宣傳與演出，爲什麼出書時我反而會做了表演呢？」

我們容易忽略的不只有白噪音，還有另一個事實：我們的身體即是一臺隨時保持開機的錄音器。

「回溯自己的歷史，每個人都是混雜的吧！純種都是人工的吧！那是純種狗。所以對我來說，身分是混雜的，邊界是虛構的；是誰讓這條街和下條街有不同的名字？」

---

⑦ 指「北平現代音系」爲標準音，現今臺灣的通用語。文章隨王和平受訪時的習慣，以「國語」稱之。

聽說桐島退社了

不知道爲什麼 google「建國中學　自強樓」會出現一張爛照片，照片的主角，是胡亂堆放的報廢課桌椅。而這不知道是哪位學長的傑作，在我眼裡十分完整地表達了自強樓的神髓，以及某種建中人的幽默感。我看見這爛東西簡直泫然欲泣。天文社的社團辦公室在自強樓的地下。我問翁禎翊，爲什麼加入天文社？「天文社的玩法，可以過夜啊。」他說。段考結束，一群人搬著望眼鏡，去山裡或海邊的國小操場上，看星星，東拉西扯的聊天。徹夜不睡。

翁禎翊說，前一陣子逛完南機場夜市經過建中，覺得天氣很好，就從熱音社後面的老路翻牆進去。遠遠看到操場上有三四個人，架著高級的望遠鏡。上前一問，發現是天文社的學弟。「我們相差八屆，可是他們已經用一種看見時光旅人的表情，驚訝地看著我了。」

翁禎翊是夜行性動物。從《南十字星》、《夜間駕駛訓練》、《天亮之

前有一百萬個祈禱》到最後定案的書名《行星燦爛的時候》，太陽不曾升起。

你我不是住在同一星球上

〈苗栗的事〉作為開頭，翁禎翊有種欲蓋彌彰的可愛。尤其第一句就不打自招：「我自認為是非常純正的臺北小孩。」事實上，翁禎翊、鍾旻瑞與我都是臺北小孩，年紀也相仿。在成長的軌道上，我們的距離超級近，卻奇蹟地沒碰在一起。

「比起別的地方，臺北小孩彼此都是很像的。」翁禎翊說。「在建中、臺大裡更明顯。體制就像篩子，留下性質成分接近的人。階級複製的結果是，我們剝奪了另一群小孩的資源（系上的老師提醒，很可能，有一天這會使我成為法官，他則受我審判），而我們高度雷同的經驗，十分貧乏無趣。」

在很厚的同溫層裡飛行。這不代表臺北小孩比較了解彼此、比較不孤單。很多時候，「你我不是住在同一星球上」。無論是意識到，他已經和我離得好遠，比如〈指叉球〉中，曾夢想一起前進大聯盟K，升上國中後人生就「完完全全偏離了好球帶」；還是了解到，自己必須比別人更努力，才能變成他們，擠進最後的出賽名單。

後者是〈初戀〉的情節。男孩在籃球場邊向女孩說出，害怕無法上場的心事。翁禎翊說，〈初戀〉是讀了旻瑞學長的〈第二〉之後寫出的作品。

小時候，他也曾有「第二」的焦慮：「雖然感覺大家都很要好，但如果發下一張紙，要班上每個人，寫下一個最要好的朋友的名字，會不會沒有人寫我？」

有一本比較冷門的村上小說，我們都很喜歡，《沒有色彩的多崎作和他的巡禮之年》說的也是這樣的故事：五個好友中，只有多崎作的姓氏裡沒有代表顏色的字，某天突然被另外四人斷絕聯繫。三十歲時，多崎作決定尋找當年被踢出小圈子的原因。

在我看來，翁禎翊寫好的不僅是「之內」或「之外」的問題，還是「同時處於之內與之外」的狀態。表現優秀的男孩，努力卻顯得不夠日常、不夠自然；「我們」其實潛藏著的是「我與他們」。

「上了建中焦慮似乎就解除了。」翁禎翊說。我們都成功順利地長大了嗎？長大是不是以失去某種理想化的「緊密連結」作為代價？

「天要黑了，也不會再有一臺時空機器讓我移民到另一個星球。」

你知道這本書中出現幾次「絲狀的雲朵」嗎？

第一次，男孩以為她說完了、要離開了，但她沒有，於是他們一起站在陽光下，看著籃球場。「絲狀的雲緩緩飄過。」第二次，白球在速度的劇烈拉扯下，兩端「散成絲狀的雲氣」。這時他心裡想的是，不要害怕，看著光。不像第一次將世界放大，第二次將世界縮小，「絲狀的雲朵」

第三次出現時，只是健行途中一筆帶過的風景。

我喜歡寫明信片，因為我喜歡收明信片

處女座是想像的連線，信是可能的橋樑。

翁禎翊的散文集中有完整的信，每輯開始前，也有像明信片般的小短文。「我喜歡寫明信片，因為我喜歡收明信片。平常沒有什麼聯絡，你卻感覺到在某一刻被想到了、被在乎了。那是非常珍貴的一刻。」

希望書裡的 Dear J、Dear 桐、Dear Jasmine、Dear み、Dear SL、Dear Yarei，都驚喜地收到他們的信。還有其他「隱姓埋名的」的收信人。我問，出書之後有沒有「書中人」向你反映讀書心得？

一個國中同學和他說：都不記得有（打水仗）這件事了，你怎麼記得那麼清楚？現在想起來了，真是懷念。

但不是每個人都喜歡成為角色。「我的某一任女友，就曾透過朋友轉達，她很不喜歡被寫進文章裡，希望我不要再這樣做。」於是《行星》中沒有收錄任何關於她的文字。也因為此事，翁禎翊建立起自己的散文寫作倫理。

書信的篇章，建立在雙方私人的了解之上，對一般讀者而言，更接近遠遠眺望。不是信的部分，翁反而與讀者建立了接近書信的親密感：貼近

口語的敘述、誠懇的抒情。我記得，大學課堂上老師播放岩井俊二前曾說，即使明白將要被什麼「濫情」轟炸，只要《情書》的音樂一下，就是忍不住眼淚。世故的讀者如我，也不得不承認，翁禎翊超會「敲打我窗、撩動琴弦」。

曼谷也像是另一個臺北

明信片外，翁禎翊也喜歡在國與國之間遞送自己，享受一個人的旅行。他大方承認，自己會下載交友軟體認識陌生人。配對成功，他的第一句開場白是：「帶我體驗你一天的生活，我請你吃晚餐。」

「認識世界另一端和我一樣大的人，看他們看見的世界。」

兩個女生答應了他，於是有了〈曼谷帶給我的事〉。翁禎翊說，她們幾乎等同於他在泰國的同溫層，其中一個女生將來要成為醫生。當晚他們聊著貧富差距與醫療保險。

曼谷像是另一個臺北，進行著階級複製。曼谷也像另一個臺北，她們複製了他的另一種可能。

海灘的一天

翁禎翊也許是最後一代的日系男孩。越來越多臺北小孩，會在韓劇、美劇的青春期中長大。他問我：「你知道〈天亮之前有一百萬個祈禱〉這

個題目，其實是翻譯自一個介紹日本動漫的部落格嗎？」即使忽略引用，讀者也不會錯過他的清淡色調、青春的心跳感、回返「那一刻畫面」的衝動。

《行星》很適合新海誠的動畫。翁禎翊最喜歡的新海誠是《秒速5公分》：女孩搬家的前一晚，男孩搭了很久的電車想見她最後一面。在天亮時的櫻花樹下。但這畫面現實中不曾發生——他們陰錯陽差地錯過了。男孩在遙遠的車站過了一夜後回家。這遺憾成了他「一定要面對、否則無法做下一件事的心結」。「太處女座了吧。」他的語氣中不無讚賞意味。

在同溫層裡飛行。他很喜歡鍾旻瑞〈醒來〉的結尾：兩個人躺在畢業旅行沙灘上看星星，閉上眼睛感覺星空與自己都旋轉起來。「這畫面太美了，成為我的範本。整篇文章就是為了抵達這畫面。」

又或者是柯震東拿著藍色原子筆戳著沈家宜的背。

翁禎翊說，「夢裡的我們始終坐在最後的堤防上看海」，不是想像的畫面。（「我實在沒有什麼憑空編造的天分。」）那天他發著高燒，下午就要坐車回臺北。那也是身為天文社社員的最後一天。

故事的信徒

現在是凌晨四點，我卻再也睡不著覺。窗外不大可能看見流星，因為天就要漸漸亮起來，流星劃過時也會像清水流過浴缸，幾乎難以察覺。已經邁入第三天，訪稿的進度近乎零。過去兩天，我嘗試用兩種方法處理收集到的素材：以繁複緩慢對抗他的簡單輕快、將之寫成小說體例。效果不彰，寫不到三分之一就被我直接銷毀，電腦的惜字亭不斷冒著嘆息的煙。我知道是緊張與焦慮造成障礙，因為是鍾旻瑞，我的同輩中性質和我最相反但天分技術最強勁的對手。我想我必須用最平實的方式和各位介紹這位優秀的作者以及他的第一本短篇小說集《觀看流星的正確方式》。

儘管他在訪談中屢屢表示自己有「冒牌者情結」，對自己的寫作欠缺自信（他筆下的小說人物們也被大規模感染，自認平凡、普通、是「第二」的命），但事實上他達成令臺灣年輕寫作者都羨慕的成就，包含十七歲的作品就入選九歌的年度小說選、林榮三文學獎短篇小說獎歷屆最年輕的首獎得主。得了大獎一周後，他也獲得人生第一個書約──已經是三

年多前的事了。當時他自認作品質量不夠好，事情就延宕下來。雖然不知道最後出書時，有多少候選篇目被置換，他表示約莫有半本以上（的量）、寫了七八成左右的半完成品，堆積在電腦硬碟深處。（少了翅膀、推進器與駕駛員的宇宙戰艦棄置在工廠中不見天日。）

這只讓人更好奇，他為我們端出的二十篇小說。它們以故事角色的年齡編排，抹去作品創作的順序，致敬《尼克‧亞當斯故事集》。相異於海明威，《觀看流星的正確方式》這批可以概略包括在「成長」大主題下的短篇（借〈泳池〉的情節，男人（或其他人事物）教會了少年許多，「天亮的時候」，男孩做出決定；他漸漸長大，看見湖裡的恐龍出現），沒有共享一個聲帶的證據，但由於篇目安排以及部分相通的性格設定，讀者很自然地「融會貫通」，閱讀至〈指關節〉的中間，發現主述者是女性時難免驚訝，對我來說是喉頭間一股獨特迷人的異物感。

二十篇小說長短落差大，泳池下有深有淺，深的有更多下潛的空間，如〈泳池〉、〈第五次約會的下午〉，淺的可以看到明麗的水花中的光；無論深淺皆維持近乎齊平的品質水平面。鍾旻瑞說，大一後他進入不知道該寫什麼的狀態，於是和美術系朋友合開了粉專「午睡時光機」，他寫適合臉書閱讀長度的極短篇，朋友做插畫，不是太認真經營，完成的數量不多，但原本就打算保送進第一本書。畫也一同收錄了，我們很幸運，故事像是窗裡看出的風景，畫像美麗的窗花。它們值得珍惜，自從得大獎後，鍾開始接到邀稿，寫短稿的機會越來越少了。

深水區幾乎都是邀約之作。即使概念、素材是平時的累積，有些建築也

預先動工，但完成每每依靠編輯（特別提及：自由副刊梓評老師）鞭策鼓勵。我問他，皆動輒一萬多字的邀稿（包含死線很緊的雜誌稿）壓力不大嗎？四點鐘還孵不出個鳥來的我，想起他毫不思索地回答：「寫小說對我來說不是太困難的事。」或許是怕鋒芒太露，他後來補上：「散文會花很多時間。（眼神飄向一旁的幼獅主編大人）」

他是怎麼辦到的？就像《阿瑪迪斯》中，薩里耶利在心中問了千百次，為什麼音樂對莫札特如此輕而易舉？（請注意：莫札特的音樂也如此結構穩固、輕盈、容易接納）竊取商業機密般，我謹慎地逼近寫作的實務問題，深怕被看守的警犬發覺。對我來說，最難、最神祕的：素材在哪（前置）、如何組織（工作）；我也想知道，為何「簡單」，「簡單」是可以練習的嗎？

素材在哪？鍾旻瑞表示，有時候是一句話，比如〈肉球〉就是在網路上看到，把「要不要來我家看貓」當作約砲的起手式。有時搬移真實經驗，〈十歲的某個早晨〉並不發生在十歲，而是寫作不久前的早晨才冒出的感受；朋友們輕易就能看出，〈觀看流星的正確方式〉是哪次花蓮小旅行引起的噴發。更多時候素材是核心的場景。「但我沒有記下來的習慣。伍迪艾倫說，不夠好的就不會記得……嘿，等你更老一點再說這句！」看起來古意的他，難得狡黠露出。「我只是單純沒有習慣。」

當然也當偷故事的人。身為小說家的朋友，該期待還是害怕意外成為主角呢？其實多半遭竊仍不知不覺：別人的東西總要經過各種轉化（銷贓？），處理後再使用時已不會造成傷害。但即使變得連你媽都認不出

你來，讀者還是喜歡當偵探，檢驗虛構是否遵守現實。「〈觀看流星的正確方式〉的主角因為心臟病免役，而現實中的我是因為扁平足。刊出時同學就會直接問你：不是扁平足嗎？」例子雖搞笑，但他也承認這是人之常情，身為村上春樹粉，讀（與作家的現實人生）貼得很近的《國境之南，太陽之西》時，他也不免想像揣測。這時他突然冒出一句：「只有一篇我有和當事人說，他被寫進去了。」意味深，我當然追問。「噢，就是覺得可以讓他知道。」

下一題是，如何工作？據說一代鋼琴巨匠霍洛維茲，十分忌諱人家問他的練琴方式——還好鍾旻瑞仍有問必答。他說，素材有了之後通常會有故事的頭尾，然後順著讓故事長起來。「我有取名字的障礙。」因此常使用人稱代名詞，不會後設地想什麼人稱會有怎樣的閱讀效果。選擇「我」，到中間覺得卡住，人生走不下去，隨時可以改變心意，進入「他」的世界。伏筆與埋線，作為閱讀的甜頭也是讓讀者感嘆「作者腦袋皺褶必然比自己精細一萬倍」的苦頭，鍾旻瑞有手藝人的直覺，告訴我事情其實沒那麼複雜，「先設定好結果，一路上就把先前寫到的東西再拿出來用，順著寫，我不大回頭補段落。」我發現，他傾向直球對決，就像他的小說中總有非常放鬆自然的說話、說話人是某種自然坦白的「法蘭克」（frank）學派。

若要我說一句話作為鍾旻瑞小說的讀後感，我會說：「有長得很健康、很好的骨頭；長相與打扮簡單但不普通。」他特別在意作品是否好讀，也因此特別為讀者拔除所有可能的障礙、可能出戲的疑難岔路——很難想像，再轉投村上春樹門下前，他的模仿對象是駱以軍！雖然沒有明說，但可以推敲出，鍾旻瑞的簡單絕不只是天性使然，其中也包含選擇

與練習。因爲沒有了障礙，閱讀有了不同的速度感。高鐵重新發明臺北與高雄距離，文學也像交通工具，以各自的速度感去測量、詮釋一本書的距離。

跨入最終場景前，我要爲讀者畫一張四象限圖。X 軸是難讀（慢）——易讀（快），Y 軸是故事（性）弱——故事（性）強。無疑，鍾旻瑞很明白自己要站在哪裡，很值得羨慕，就像玩大風吹時，永遠能毫不猶豫地以直線距離向目標的椅子移動。深夜裡，我彷彿能聽到他對我說，不許願，「這才是觀看流星的正確方式。」雖然不完全貼合在象限圖上，但或許在諾貝爾文學獎的評審心中也曾糾結於另一張繪測：瑪格麗特・愛特伍還是艾麗絲・孟若？兩名都是我所深愛的作家，有時我更傾慕後者，因爲她的好是我的體質永遠辦不到的。

鍾旻瑞是故事的信徒。他喜歡具體的東西甚於純粹氛圍，因此找了會畫圖的朱疋做封面。讀廣電系的他喜歡楊德昌甚於蔡明亮，特別喜歡《一一》。「結構很強，每場戲之間的關係非常清楚。比如說，洋洋在視聽教室，看到喜歡的女生的內褲，這時影片播放著下雨的成因，接著下一場就是姊姊在傾盆大雨中等待。非常精巧又自然的發生。」他的小說〈第二〉則讓我想到岩井俊二的許多逆光。

「又比如《險路》（No Country For Old Man），簡單到不行，就是人事時地物，卻很深刻。」他相信，劇本是一劇之本，壞劇本是導演的調度、演員都很難救回來的。或許因此，他寫小說時也心無旁鶩，判斷標準簡單明瞭：故事好看還是不好看。因爲他心中好的作品（海明威、瑞蒙卡

佛等等），即使透過翻譯甚至口頭轉述，人們仍能感受到豐沛的力量——
這是只有故事能辦到的事。

文學仍有故事以外的種種魅力，每個作者「在意的事有先後排序」。鍾旻瑞舉例，張愛玲就是文字華麗細緻也有豐富情節的。他也喜歡《百年孤寂》，認為小說的脈絡其實很清晰，會頭痛大概只是因為南美洲的命名習慣和我們的文化太遠。那麼，有什麼喜歡的作品，不是以故事取勝的嗎？「我想一定有！可是現在想不起來，可能是因為故事的存在感不夠強！」

故事的信徒鍾旻瑞，若是作曲家，必定是旋律型的作曲家，他寫好記又好聽的旋律，音樂中最簡單又神祕的事；故事容易理解，而故事的誕生並不。　　二十六歲的某個早晨，他從睡夢中醒來，特別濃縮的光讓身體有種遲滯的緊張感，就像歐洲自助旅行最後一天從旅館床上醒來的時候。明天是他人生第一本小說集的出版日。

凌晨四點的我，還沒放棄這樣起頭的可能。

領養斧頭與切鋸的男人

Apyang 的部落格裡有一張深綠色的支亞干空照地圖，熟悉《我長在打開的樹洞》的人，對上面標注的地名一定不陌生：二子山溫泉、平臺、種黃瓜的地方　　彷彿是散文目錄的第二種編輯。其中，支亞干溪的舊名 Rangah Qhuni，成爲了書名一部分，「打開的樹洞」是形容河道突然寬闊的樣子，「像一個大樹突然茂密的盛開，也像一個洞突然打開，光線照進來一樣。」

有點暈頭轉向，於是我上網查了字典。Rangah 是洞，Qhuni 是樹 —— 到底是樹、洞、還是樹的洞？訪問時我特別向 Apyang 確認了這件事。「光看字典的解釋會有點看不懂。」他說。「傳統地名，尤其是神聖地點的命名方式，字面上是說樹，實際說的是洞穴。」Rangah Qhuni 更接近「洞像樹一樣打開的狀態」。我因而突然了解：看似直譯的地方亦有縫隙，「打開的樹洞」是一種翻譯策略。

深綠地圖的文章中，他寫道：「只從平面地圖去看，很難體會打開的樹

洞，老人家過去都在山上，他們的視角跟我們現在居住於平地不一樣。」然後我在部落格的另一個角落，看見 Apyang 和社區發展協會的青年們，用珍珠板堆疊製作出部落的立體地圖。純白的地勢起伏，看起來彷彿介於落實與抽象之間；上面用筆與小旗子做了記號。

Apyang 散文的別開生面，或許就在於不刻意的操作著翻譯、觀點的剪裁與（敘事上／情感上）簡白而有效的美感。

太魯閣聲音的四種樣貌

雖然從小在西林村跑跳，真正認識自己的部落是從返鄉後開始。「即使有那個環境，沒有留心的話，一樣記不住。」在臺北讀研究所時，想要寫部落的欲望很強烈，了解卻有限，Apyang 這才注意到過去自己忘記按下的「錄音鍵」：不要使經過的聲音流走，就要主動積極的去問、去學。

現在我們能在 Apyang 的散文，辨認出太魯閣聲音的四種樣貌：傳統知識的繼承與協商、田調的實戰經驗、學習族語對句構邏輯的衝擊、建立群我關係的 kari（講話）──重複、疊合、編織，我想起 Apyang 對我形容溪水也有不同聲音。夏季雨後的支亞干溪水量豐沛，發出石頭撞擊石頭的「槓槓槓」。走到清水溪邊，會經過大片的腎蕨，沙沙地摩擦褲管或小腿肚，是最能代表它的聲音。

大學時期的 Apyang 也迷戀過霓虹般華麗的文字，寫過賀爾蒙亂竄的艷情故事在 ptt 版上競技，他回想當時的寫作，「很用力卻沒有觸動到自己的

心」；模仿就能獲得入場的資格。回到支亞干生活，Apyang 發現自己更喜歡族人間聊天的方式，在太魯閣語與漢語自由切換（中間也偶有日語詞彙的小石頭），表達上很直接，不會把一件事越講越複雜。他將這種方法運用在寫作，彷彿放下一塊大石，文章寫得更順了。「我會唸唸看自己寫完的部分，看看頻率對不對。」Apyang 說，作品的修改常常是「截彎取直」的工程，試著把句子說得更簡單。（對此我有些懷疑。Apyang 的思路有很好的方向感與直覺，可是偏好的語法不盡然是「通順」的。我會說，他是讓句子去適應他說話的形狀。Apyang 一說起話，總帶著興高采烈的快節奏，與「目中無人」的投入與膽量。）

「我手寫我口」才不簡單，對習慣寫作的手來說更是如此。Apyang 說，他知道自己有和別人不一樣的語感，但他說不上來是什麼。我說，讀他讓我想到在「我是走廊」寫星期五雜念的張亦絢。我喜歡他們讓人一口接一口的流水帳。

「講話」的功能及其負片

「對你來說，最能代表部落的『背景音』是什麼？」我以為自己提了個不容易的問題，沒想到 Apyang 想都沒想就回答：「村長的廣播吧！」

讓我意外的是，我想 Apyang 也不是刻意的——廣播與我們前一刻才討論的 kari，如一道瀑布，產生了漂亮的落差。部落生活裡，「講話」很重要，重點是講的動作，內容是其次，Apyang 形容「好像每個人的話都有分量」，構成了根系般的網絡。他告訴我，很會講話在部落裡，是被視

爲一種才能的，比如會聽到這樣的稱讚：「你們 Apyang 好會講話，開會時講贏村長的兒子」；不會講話的人，則會被說「是不是身體不舒服」。

《樹洞》中處處可見，講話作爲資訊流通、經濟交換、雇傭身分的緩頰、關係鞏固的種種功能；甚至，kari 還有其負片，搖身一變成爲八卦的廣播站。部落生活人與人的接觸多，關係也近，祕密藏不住。但比起沒有「隱私」，融入「講話」，得到認同，對一些返鄉青年來說是更大的壓力。「我也是在訪問老人時慢慢學習，」Apyang 說。「一開始覺得像是刻意裝出另一個樣子，後來漸漸分不清楚是不是裝的。」我接著問，寫作中他也會使用這樣的表演嗎？會，他說，接著又有點跳躍的補充，但也要抓到「做自己」的平衡。我想他是指在部落裡和一個男人結婚這件事。在書裡，Apyang 爲了和「室友」共同生活而離家，我很高興聽到更新的近況：他要搬回家了，他們計畫要蓋自己的房子。

粗手粗腳的可愛狩獵者

Apyang 收養了兩隻黑色小土狗，Pupu（斧頭）與 Krut（切鋸），牠們在桌邊跳上跳下，興奮的汪汪不時像立可白蓋過我和 Apyang 的 kari。回頭想，覺得牠們和 Apyang 的文章有很像的地方。玩得那麼爽，有股捨不得停下的勁力，有時我會擔心，牠們沒注意腳下的危險。

支亞干的人物在他的筆下如此鮮明靈活，應該能很輕易地被認出吧？我問 Apyang，他是怎麼考慮「散文的倫理」，拿捏眞實人物與創作的距離？他沒有正面回覆，他說，希望他的寫作不會讓對方感到不舒服。雖然聽

得有點怕，可是我相信他在部落的 kari。畢竟我們很難在抽空例子的情況討論這個問題。

另一件事放在心上：當傳統太魯閣男人的陽剛氣質遇上男同志的陽剛氣質，在書中某些段落，很難達成調和或有層次地離析。直白一點的問：Apyang 是「大男人」嗎？他的「太魯閣男人」遇上「性別刻板印象」的質疑，該怎麼辦？Apyang 顯得有點困惑：「陽剛是太魯閣族男女共有的特質，我不覺得自己特別強調男生……可是最近我收到讀者回饋，對方說『怎麼會有這麼 man 的男同志』，讓我也有點擔心。」

我想到 Pupu 與 Krut 帥氣的大動作，粗手粗腳的可愛；無法想像他們在山裡狩獵的樣子。我想到，不認識他的讀者，看《樹洞》裡的 Apyang 進行跳躍時，會不會想成了他想也沒想過的樣子？

暫時擱下小麻煩吧，上山去。一掃短暫壟罩的擔心，Apyang 又開始興高采烈地為我描述夜晚的獵徑。視覺變弱後聽覺就變強了。森林是完全另一個世界。移動的腳步聲大到嚇死人。「你不覺得很美、很美嗎？」眼前的 Apyang 已經幸福得融化在桌上了。

圖文不符

將我的生命虛掩在聲音的門楣中的
是什麼？
觸摸它鮮豔的深淵
並在黑暗的瀑布中
喃喃低語的是什麼？

——卡柔・布拉喬

洞穴有多種舞臺，前後在好幾個地方出沒，就像下過雨後，河濱公園、森林與安全島上長出鮮豔的蘑菇。《成為洞穴》這本書是最肥碩也最容易取得的品種，五十一幅畫作與五十一篇短文於其中共生共榮。

它也曾經以展覽的樣子露出，二〇一八年於松山文創園區展出的「成為洞穴」，畫的旁邊配置了一則似有對應的情境描述。今年在亞米藝術的

171

「洞穴圖鑑」則捨去文字，以純畫展的面目示人。（受疫情影響，畫展採預約限額參觀，儼然成為一座豪奢的私人禮拜堂；預定訪問改為電訪，川貝母與我躲在各自的公寓洞穴裡通話，白色蘑菇的耳機為我們連線）。

最耐人尋味的是，洞穴在還沒成為洞穴的時候，它們也曾是專輯封面、活動主視覺、副刊插圖……川貝母說，大多數的情況，合作案件的內容並不會留下影響，他為案件畫圖，他看圖創作故事，兩件事情是分開的，特質各異的案件頂多是為圖的內容加入了新的元素；編號一可說是唯一的例外。案件是篇關於失眠的作品。為什麼會失眠呢？敘事者來回於醫院就診與練習吉他，一切隱然與某個失去相關；作品的名字是〈金繼〉。杯子會缺角，心也會缺角，捨不得丟時該怎麼辦？這是洞穴的起點。

畫圖如鐘乳積累

「從洞穴裡拿到的東西愈來愈美了，我不斷的深入，把這些東西變成畫作、小說。」我們幾乎相信這的確真實的發生在川貝母身上。就像拉斯科與其他重要洞窟的發現，由一場小意外而起，往更深處去它更打開，《成為洞穴》「長成」出乎預期的規模。川貝母有他一套獨特的方法。

首先完成圖的創作，尤其是個人創作的系列大畫。因為尺寸變大了，無法簡筆帶過，細節格外需要經營。選紙從過去的康頌－法國水彩紙，換成磅數較高的阿契斯和山度士 Waterford，更有利於水分的調節與渲染，顏色表現也更加明亮。由於是時間相對集中的創作，作品的風格與選材有連貫感，閱讀至此彷彿能感到一股加速度，迫使你直直墜入底部。而

它們的創作卻是緩慢的，如鐘乳積累，每幅往往耗費兩周至一個月完成。

下一步是排列畫作。川貝母先用「委託創作、個人創作、數位創作」三類區分，再調整內部順序，理出敘事的邏輯。完成「圖版本」後，他以快節奏的兩個月完成「文版本」的部分，包含大幅度刪改、擴寫「成為洞穴」展覽的段落。寫作前，他常常翻閱奧爾嘉・朵卡萩的《雲遊者》與愛德華多・加萊亞諾的《擁抱之書》，前者示範用大小不一的視點出入固定的主題，後者擅長在簡潔的動作描寫中建構人物。但或許，有些能量是來自圖文兩個世界相互的暗示與引導。川貝母說：「寫完故事，再回去看圖，好像就能看出原本視而不見的動態，比如，現在的我好像就能知道圖中的這隻兔子要跳去哪裡了。」

兩種版本的敘事

前圖後文的《成為洞穴》像打開蝴蝶翅膀，展開兩種版本的敘事。分隔而非交錯的作法（儘管也有印刷的考量），疏淡了篇目的對應關係，讓圖文各自的「語言」能自然的流動，當然也避免前者輕易地弱化為後者的伴奏。

這也提醒了我們，不能失衡地將《成為洞穴》認定為小說集（甚至不是圖文書），而忽略畫作的關注與評價。比較可惜的是，由於同類型創作在臺灣出版的量不算多、曝光度不夠、評論機制的不健全，種種因素使得圖像創作的出版品少見兼具篇幅與深度的評論。我於是後設地問了川貝母：「在你看來，代表你圖像創作的關鍵字是什麼？」

「『圖鑑化』是我近來嘗試的方向。」川貝母說。「我把陸續在創作中重複出現的山、蝴蝶或蛾等等，整理爲系統。」這麼一來，畫作中延續與改變的部分就更加清楚了。另外，川貝母也喜歡不把人與動物做明顯的區分，傾向把人抽象爲某種「人偶」，把情緒降到最低，因此觀者就能「在空白的臉上投射他們自己的表情」。

還有一種失衡：觀畫的時間（一般來說）遠短於閱讀小說的時間。而畫冊又不及原件展覽，抹除創作的肌理、精確的色澤、與展覽空間的互動，壓縮爲基本構圖扁平化的畫冊，更容易被快速地翻過去。川貝母認爲這是難免的，但他也期待有人會被文字勾引出興趣，再回去看畫。畢竟「在展覽加入文字情境的初衷，是希望觀眾因此願意多給畫一點的時間。」

將情緒「圖鑑化」

洞穴是橫空出世的嗎？讓我們看看前後脈絡：六年前出版，亦結合圖像創作的短篇小說集《蹲在掌紋峽谷的男人》、於自由副刊連載尚未結集的《蝙蝠通信》與《成爲洞穴》，三部作品放在一起讀，似乎可以看出一條中心線與它的轉折。

《峽谷》各篇發展一種奇想、一種道具，主題涵蓋光怪陸離的現代生活、末日想像、虛擬／擴增實境、孤獨，一篇即一種自足的寓言世界。《洞穴》前半，設想一個「有洞穴」的世界，出動諷刺與隱喻，但縮小爲極短篇、也不求將故事完整展開，可視爲《峽谷》的餘波。未完的《蝙蝠通信》作於《洞穴》之前，卻可看作下一種路線的先聲：功能曖昧、繞遠路、

不惜「離題」將枝節拉為主幹，頻頻望向心靈危機、環境問題與（同志）身體。這也是《洞穴》後半，小川樂園系列的特徵。洞穴生物的發明與建檔，是川貝母將情緒「圖鑑化」的手段。其中關於新宗教的再現也十分亮眼。川貝母說：「對啊，我對他們很感興趣，也對人們出於信仰而作出的某些行為感到不可思議。我上網找了很多資料。」

雖然坐擁滿坑滿谷美麗深邃，川貝母其實害怕現實的洞穴。根據模糊的記憶，他曾經去過墾丁某個天然洞穴（銀龍洞？仙洞？還是石筍寶穴？），四周環繞著珊瑚骨骸留下的遺產以及人工的光，那已經是小時候的事了。川貝母也不喜歡遊樂園的室內軌道車。讓人很沒有安全感，他說。我沒問出口的是：如果把「小川樂園」裡那些奇怪可愛的小動物，作成沿途出現的厲害機關呢？

到時候我們一定要約三五好友一起去冒險看看。

都如窗紗

寫作如修行，僧多而粥少。端坐案前的不乏眾仙班，默默耕耘是常態，在文學大工廠作一名小作業員——登上副刊頭題如此一碗熱香粥，是名作家的亮相，小作家的表揚，資深前輩的「噢，你也在這裡嗎？」。但最令人期待的，就屬一幅量身訂做的插畫。我以〈丹利〉、〈角鴉〉、〈寫信給布朗〉與阿尼默相遇，我私藏網路上下載的圖片，收著回信、收著對向車燈照來形成的影子那樣。很快的我還想要其他的畫。副刊畫冊至今在心目中仍是夢幻的虛擬態。

然後令人驚喜的《小輓》出版了，阿尼默講了自己的故事。回溯童年的〈旱溪〉，交通事故打亂日常循環，男孩脫隊一日，展開冒險，撞見陌生的死亡。〈家蚊〉如借物少女，加入他人的生活，窺視與影響，都如紗窗，半透半透的；男女主人正進行私密的告別式。從櫃頂砸下的舊物，〈緞帶〉幽靈出現，不在的那人再次勒得緊緊的；異國的公園裡，緞帶主動飛離，她來不及反應，就死過一次。

The Short Elegy ── 拒絕一串鼻涕連眼淚的告訴，必須節制。三件改變人生的場景，阿尼默小心從旁觀看。不張揚，觀看。說很少很少的話。事件本身反而有了重量，像好茶的餘韻不在牛飲，像聽見完美和聲的泛音盤據精靈。比例刻意壓低的對白，有種直接，「就是如此」，閱讀時我感覺到特別的包覆感：在蔡明亮許多沒有音樂的長鏡頭中也是，我們動彈不得，看他啃高麗菜、她長椅哭泣、她窗戶貼膠帶。

三個故事共享的是哀悼儀式。儘管一瞥誘人、引人陷溺的無底洞，真實靠近的像水溝蓋的永遠失去，驚嚇到無法言說，但遺忘與丟棄並不是好辦法。於是把不能言說的，放進一首告別的歌，輕輕蓋住，小輓一下，帶著它但繼續走下去。

我喜歡〈旱溪〉畔，男孩明瞭了什麼看著夕陽像開了一罐啤酒似地喝光養樂多，空瓶身留郊野作紀念碑。我喜歡〈家蚊〉扮演黑的雨，雨客串白的蚊，也喜歡有情緒的上升的油煙、菸、蚊香，它們都占用一小段時間作了清洗。我喜歡〈緞帶〉來去自有主張，詭異的飛行頗似朴贊郁電影中漂浮的帽子，喜歡最後一幕它與頭髮編纏在一起卻被剪下收藏的可能。

阿尼默放入大量的臺灣生活細節，精準到令人嫉妒，保麗龍菜圃、道路反射鏡與彩繪變電箱、紅通通的神龕燈、塑膠袋裝的滷味或鹹水雞，羅列不盡。上一個以在地細節如此打動我的，該屬舞鶴了。

謹將這篇破碎、不成敬意的文字插圖獻給《小輓》。

葛奴乙的反擊

副刊與插圖 —— 大約可比客家湯圓有茼蒿，甚至，對比較激進一點的信徒來說，沒有茼蒿的湯圓不是湯圓。為什麼少了它這麼不對勁？香氣。它涉及另一種感官的參與。與新聞版面不同，《自由副刊》主編孫梓評說，「副刊是軟性的」，缺乏第一眼就能打動讀者，分明的人事時地物；插畫能夠以視覺補足消失的「第一眼」。

雖然跑在第一棒，但也可以是倒數第二棒。孫梓評認為，能幫副刊畫圖的插畫家，都是最優秀的人選 —— 他們要能消化不易讀的文學作品，並用自己的能力做出轉化。副刊編輯外，插畫家就是第一讀者，並且做出回饋 —— 將「故事重說一次」。有一種樂趣是，當你讀完作品，再回頭複習插畫，你的眼睛這時已經煥然一新。可以迎接插畫家傳來的最後一棒了。

副刊與插圖的發展演進也反映了文學外的現實世界。「我成長的八〇、

九〇年代可說是副刊的黃金年代，」孫梓評回憶當時的百家爭鳴。「副刊不止是作品的刊登，也提供廣義的人文資訊、帶領讀者關注議題。」當時的版面是黑白印刷，無法以色彩做表現，許多繪畫底子深厚的插畫家，比如林崇漢，更強調線條，他們擅長表現深層的痛苦、存在的拉扯等等主題，「對我而言，是很大人的」，孫梓評表示。隨著印刷條件的進步，副刊插圖更甜美、可愛了——當然也反映社會氛圍的改變。八〇年代解嚴狂飆，九〇年代世紀末抒情頹廢，二〇〇三年《蘋果》加入造成的「破壞」，大規模改寫了臺灣報業的版面氣質。

孫梓評以「守門員的焦慮」形容副刊編輯面對文學投稿的內心小劇場，對固定合作的插畫家顯然放鬆得多，是守門員的不焦慮。一般來說，每幅邀稿的創作期限是七至十天，由於不是商業合作，而視為「創作」，插畫家擁有高自由度對文本做出詮釋。請插畫家修稿也是極罕見的：一次是訂正了圖上的英文拼字，一次則是男同性戀小說，行文比較曖昧，就得和畫家說聲：對不起，請把圖上的女士換成男士。

編輯遠不止「守門員」的守備姿勢。想像一隻看不見的手，拾起作家的文章，放進畫家的電郵，將兩股氣味混和在一起，他可能泛起一股難以捉摸的微笑。難道這不是《香水》嗎？有多少編輯就有多少葛奴乙，孫梓評又是其中「最天賦異稟、萬惡不赦者」。他如此告白：「熟悉他們的氣質。一位作者能讓我能直覺地想到某一位適合的插畫家，這時能讓他們合作就再好不過。但如果作者持續來稿，氣質沒有大變化，心裡冒出的插畫家當然還會是『他』，此時會產生猶豫：是否應該打破慣性，更換組合？」

收到插畫家的交稿，是編輯工作裡最喜歡的時刻，「有謎底揭曉的快樂」。看到用心的圖，把作品詮釋得那麼好，孫體內的作家身分就會冒出來呼喊：好希望畫的是我的作品呀！即使報紙印量、能見度不若過往，這艘下沉的鐵達尼號（或許不至如此悲觀）仍有群堅持老派浪漫的弦樂四重奏，優雅地堅守崗位。明知道電子報與粉專當道，編輯與美編仍為了「版面」完整日日計較、攻防。有一次插畫家郭鑒予的交稿，竟然有三個版本：舉起手的人、放下手的人、動態的 gif 檔──明知道在紙本上動作不可能！

插畫最奢侈，一次性使用就消失。文字作品多能嫁給出版社結集，插畫──有些幸運兒在插畫家個展賣出，但孫梓評表示，「大多數就堆在插畫家家裡。」難道這就是插畫的命運嗎，沒有「後來」？能畫能寫的川貝母從插圖「奪胎」出極短篇，成為「圖文並茂」的《成為洞穴》個展；阿尼默則為某些插圖延伸出系列作。但這些是少數特例，孫感慨萬千：「我一直思考著還能為副刊插畫做些什麼，或許一場展覽、一本書……還需要點醞釀。」

言談中盡是滿滿的愛。葛奴乙雖然沒有自己的氣味，香的都是別人墨水的玫瑰、顏料的荳蔻；他了解、他分配，識貨者認得他的「簽名」，這就是「葛奴乙的反擊」。任職副刊超過十年的孫梓評，形容插畫家與他是「理髮師的關係」：由於工作，不時收到彼此的近況──更深入些，就成為朋友了。在他心目中，什麼是理想的插畫呢？插畫家都是很好的讀者，他們如果打從心裡喜歡手上服務的文字，畫也會透露出來。優秀的插畫，用《香水》的最後一句話說明就是，「因為愛，做了某件事。」

眼睛的故事

黑暗的照明

在此之前，川貝母和郭鑒予見過一次面。五年前，在《知影》的新書發表會上，兩人簡短地向對方致意。孫梓評是他們的共同朋友。

坐定後，他們都要了冰滴咖啡。咖啡裡的冰塊也是咖啡做的。

「別開燈／接下來的對白／需要黑暗的照明。」本來可能到場的孫君，沒有出席。

開始寫

「那是個沒有人的世界。那裡的動物很喜歡吃人，因為沒有人，牠們都很寂寞。沒辦法吃人，即使原本相親相愛地在草原上玩，也會因為太餓了，就把對方一口給吃掉。

後來，人來了，牠們很開心地把人煮成一鍋粥，躺在草地上覺得太

滿足了。人類終於拯救了其他的物種。」

上次搬家，郭鑒予把大二「太醜」的繪本丟進垃圾桶；因此我們只能讀到以上的故事。

兩個場景

第一個場景：中華藝校內與高中同學們討論畫畫。第二個場景：投稿《中國時報》「浮世繪」版——當時還沒有川貝母這個名字。

「『很像吧？』我拿畫在課本上的 L.A. Boyz 給我哥看——即使他說，完全不像，他是完全不可能打倒我的！」郭鑒予的升學循規蹈矩，研究所遠赴愛丁堡大學主修插畫。問起對愛丁堡印象深刻的地方，他認真思考了一下，回答：「有很大的工作室。」

開始寫

川貝母從大學日記發展出〈叢林〉。他把這篇故事寄給孫君，希望能獲得一些寫作的建議。孫君覺得〈叢林〉很好看，詢問他，願不願意讓《自由副刊》刊登這篇小說。

但是川貝母並沒有因此持續寫作。二〇一三年，工作的量有點超出負荷，川貝母的心很累，「不想畫圖」的想法一直變大。於是，當大塊出版社提出出書的邀約時，他決定先寫文字，也不限制故事的字數。一般的圖文書，翻閱的速度很快，故事很快的就要結束，很難延續、展開。川貝母讓文字做主，寫完後，再為它們畫圖。

對話

「寫作和繪畫是一樣的。都要有一個點子，表達它。」
「寫作和繪畫完全不一樣的。兩件事需要動用不同部位的肌肉。」

拋頭露面

想到點子就很快樂，開始寫又不快樂了。

邏輯對不對、角色完整嗎？各種考慮卡住了我。有一些東西在腦中動得很快，我趕緊把他們記下來，留給隔天整理；被考慮卡住的話，勢必就會遺失東西。角色與情節漸漸自己冒出來，過程中，整個世界是很開放的，像素描，慢慢濃縮範圍。

完成故事的快樂，和完成圖畫不太一樣。那種快樂持續比較久：一個故事在心裡還會流動。

磁場不對、狀況不好，都是可能的障礙。越是熟練的事，比如畫畫，越容易感到重複焦慮。我是否無法突破自己了呢？

在極度自信與極度自我懷疑，波峰與波谷間來回。

最不喜歡的可能是為書做封面了。因為必須「拋頭露面」，得對書的內容負責，對作者負責。

「川川先生，那是渣男路線哦。」郭鑒予狡點地打岔。

照鏡子

　　不留白的男人。郭鑒予眼中的川貝母。川回應，「也想把小東西放一點掉，更明確大方一點。有一次要設計公仔才發現，我的東西的趣味與力量，好像來自於場景與物件的組合。」（不只是收納高手，我們不可能忽略詭麗顏色飽滿了圖面。）擅長下定義的郭鑒予又說，他是綜合圖樣的「川川萬花筒」。

　　迷霧的感覺，氛圍的渲染。川貝母眼中的郭鑒予。顏色會先釋出訊息，然後看到線條 —— 可能是人，但又不是太清楚。隔著距離，呈現情緒。川貝母說：「他跟作家合作的書都很搭配，可以完整地包覆。我就不行：太強烈，會蓋住氛圍。郭鑒予說：「因為我是搞曖昧的男人呀。」

　　（有一件事很神祕。記憶裡，郭鑒予活潑，異想天開的穿針引線裝飾了問與答的角落；川貝母回答謹慎，是平穩誠懇的受訪人。奇怪的是，當錄音回放時，川貝母的答案塞滿了時間，郭鑒予消失了。電視播著那天最大的新聞：橘色的長尾風箏把小朋友捲上空中 ——）

在洞穴裡

　　閱讀川貝母的插圖，像是走進一個個洞穴，深處正上演著光怪陸離的戲劇：心理的角色與姿勢。「服務關於衣服的文章，」川貝母說，「畫面中當然會有衣服的 —— 但我習慣加上其他（不在文章內的）小東西。」對他來說，那些小東西使畫在離開文字的世界後，還是一個完整的洞穴。

與樂隊共鳴

郭鑒予朦朧甜美的插圖裡，可愛與暴力並存，小人各處做工（不知道是同一名，還是許多一模一樣的分身？）。聽到這裡他說，「最近比較少畫小人了，我稱爲『戒小人系列』。」他的創作順序是：先線條，後顏色——線條是實體的圖稿，顏色是電腦的虛擬。線條的樹林站在原處不動，郭鑒予以多次試色靠近文字的氣質。（「缺點是上傳 IG 看起來就比較混亂了。」）

最近，對於如何與作者搭配，他有了更深的體會。採取「我」以外的角度，進入更協調的方式——放棄一些線條，作更簡略的草圖，在原本的「版畫性格」加上「油畫性格」。張信哲曾在訪問裡表示，他從特別重視自己的聲音的階段，漸漸進展到能和編曲與樂隊合作。郭鑒予總結心得：和作者一起共鳴，會產生成就感。

記號

「除了小人，我喜歡畫頭上有角的動物，以及角被去掉的動物。」

記號

我有意建立自己的系統：處處皆是的橘與綠，貫連性現身的蛾、山、樹枝、箱子、水滴狀的東西。雖然是有意放進去的，對於放進去所產生的意義卻沒有答案。「樹葉出現在畫中」，在每個讀者眼中有不一樣故事；加進不同的文章，樹葉也會出現不同的意思。

決定主題後，憑直覺放入物件——

眼淚的水滴，河流上的空船。（出自我，視覺化的詩句，正增加或破壞主題。）

可能是無心的捕獲，好用的口袋怪獸就會常用。我獲得了圖鑑。

浴缸的理由

兩年前出差時，他一邊泡澡，一邊交稿。寫給孫君的信上開頭就是：浴缸來信。孫君說，不如我們就開個專欄吧？

（多像傑米・奧利佛的 Naked Chef。）

《浴缸來信》是個能作各種嘗試的空間，書信體、小說感的散文、甚至還有一首詩。儘管郭鑒予不按牌理出牌，仍願意遵守遊戲規則。浴缸的聯想：冬天的湖泊、時空的通道。聯想的浴缸：生態瓶、明信片、「隔離」。

「如果太跳躍，連浴缸都不見了，是一種欺騙哪。」

孫君出國時寄了很多明信片給他。遲遲沒回覆，又想到孫君有一種「擔心沒回信的人是否遭遇不幸」的病，他決定一次回上六張。

其中一張浴缸明信片這麼寫：「乳化的莫蘭迪／擁有太多的瓶子」。

飛入洞穴中的洞穴，成為洞穴

五年前的某天，川貝母下班回家，在巷角看見，一隻很小的幼雛的蝙蝠，像會出現《阿里巴巴與四十大盜》裡頭那種，黏土做的怪物，在地上一格格地動。

構思如何寫下在尼泊爾的健行經驗時，又想起了牠，害羞的川貝母，決定拜託蝙蝠替他當小說的主角。尼泊爾的神很多，在山上過了三、四天後，他突然感受到宗教的力量（通常健行時腦袋裡是不會有太多東西的）。從此，路邊的石頭與山村都充滿豐富的意義。回到山屋，川貝母將它們簡單地記在手機。

《蝙蝠通信》不斷位移。初始，「我」與蝙蝠男（頗酷兒的）相遇與別離；蝙蝠在尼泊爾展開健行之旅，以書信向「我」分享旅途見聞；深入奇人異士的山城；然後蝙蝠與書信都不見了，奇人異士的小傳記輪番上陣。這丈二金剛摸不著頭腦的走向，若《項狄傳》的作者讀了，會會心一笑吧。

並茂

我喜歡《我的名字叫作紅》。我喜歡說故事，不喜歡打謎語。沉浸讓我滿足。

我喜歡平野啓一郎。《何爲自我：分人理論》很有用。

我喜歡《毛茸茸》。因爲村上春樹的短句，因爲安西水丸，當然，因爲貓。

我喜歡林田球。《異獸魔都》動畫版今年上 Netflix 啦。

奇數是川貝母，偶數是郭鑒予。猜對了嗎？

地方之間的地方

離開咖啡廳，散步至公館捷運站。

他們會在最後一刻想起來嗎？（那場新書發表會，定了這樣的題目：影子的交談：插畫與文學的跨界密語。）

川貝母和郭鑒予輕而易舉地就從樓下經過了。沒有誰和過去的自己相撞。如果好心的孫君在，他一定也不會提醒他們。

曾經，短暫地──眼睛為他們徒勞張開。

多像一幅彼得・多伊格的風景畫。（他是郭鑒予深愛的畫家）他說：「我在我作畫中想要實現的，是一個地方之間的地方。」

後記：佛蘭肯斯坦

創作與評論如何相互奪取或者縫合？這是《科學家》想要提出的問題。我想要以「佛蘭肯斯坦」作個比喻。由於翻譯與電影改編的挪用（以及誤導），人們常把瑪麗・雪萊的《科學怪人》（Frankenstein）的標題當作怪物的名字，而實際上那是屬於創造它的科學家維克多・佛蘭肯斯坦所有。維克多用四處收集的死人屍塊縫補起來施以電擊製造出一個人工的生命。與此同時，在書本外的世界，科學家和怪物正爭奪著一個名字（而且怪物似乎大獲全勝？）。

你或許已經注意到，下卷篇章的挑選與配置，回應且補充著上卷的內容。

〈賈曼的最後電梯〉至〈從電話線到光纖〉，將躲藏在〈壁虎〉諸篇內的同志身體隱喻，敢曝在外。談論手塚治、托爾斯泰、《夢游者》時，我擅自加入自己的童年往事。〈哈特曼的畫展〉則是一篇「明目張膽」的宣言：富有魅力的評述與再現，實有機會「反客為主」，作為獨立的作品欣賞。我想謝謝《聯合副刊》的盛弘、《自由副刊》的梓評與《幼獅文藝》的名慶與翊航，沒有諸位主編的邀約，這批書單也許會截然不同；是你們，將某本書與我聯想在一起時，合力進行了創作。

〈映像〉分為三個系列，詩、小說與其他，選自於《自由副刊》「愛讀書」單元的匿名發表。我將書名放在末尾，希望在貫連的閱讀下，使短章產生某種「熔化再凝結」的效果。「愛讀書」這個單元十分有趣，由報社內多位優秀的作者組隊，共用一個雲端硬碟，謝謝梓評主編二〇一八年時讓我加入這個小小的俱樂部。挑選篇章的過程十分愉快，回顧三年來的讀書筆記，裡面有知識的禮物也有我的光陰。

收結下卷的作家肖像，與收結上卷的家人肖像，處於公眾與私人的兩端，我希望能分別展覽兩種觀看（人物）的方式。謝謝《幼獅文藝》與《文訊》促成，謝謝受訪的作者們與精采的作品——你們的才華與智慧，為這本小書大大的增色。

如果讀到這一頁的你想問，這本書的主旨到底是什麼呢？我想應該就是「佛蘭肯斯坦」吧。——既發生「化學反應」亦表現「獨立精神」，當散文的玻片與評論的玻片在《科學家》相互乘載時。

本書獲 110 年 **NCAF** 國|藝|會 出版補助

AK00358

科學家｜載玻片

作　　　者──陳柏煜
執行主編──羅珊珊
校　　　對──陳柏煜、羅珊珊
美術設計──吳睿哲
行銷企劃──趙鴻祐

總　編　輯──龔橞甄
董　事　長──趙政岷
出　版　者──時報文化出版企業股份有限公司
　　　　　　108019 台北市和平西路 3 段 240 號 4 樓
　　　　　　發行專線──（02）2306-6842
　　　　　　讀者服務專線──0800-231-705・（02）2304-7103
　　　　　　讀者服務傳眞──（02）2304-6858
　　　　　　郵撥──19344724 時報文化出版公司
　　　　　　信箱──10899 台北華江橋郵局第 99 信箱

時報悅讀網──http://www.readingtimes.com.tw
思潮線臉書──https://www.facebook.com/trendage/
時報出版愛讀者──http://www.facebook.com/readingtimes.fans
法律顧問──理律法律事務所　陳長文律師、李念祖律師
印　　　刷──勁達印刷有限公司
初版一刷──二〇二二年五月十三日
定　　　價──新台幣三三〇元

（缺頁或破損的書，請寄回更換）

ISBN 978-626-335-385-5
Printed in Taiwan

科學家:載玻片 / 陳柏煜著 . -- 初版 . -- 臺北市 :
時報文化出版企業股份有限公司 , 2022.05
面 ；　公分
ISBN 978-626-335-385-5（平裝）

863.55　　　　　　　　　111006401